KB115168

Red Chronicle

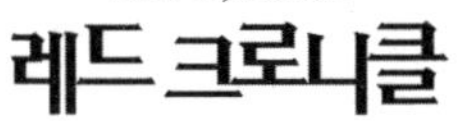

FUSION FANTASTIC STORY

김현우 퓨전 판타지 소설

레드 크로니클 10권

김현우 퓨전 판타지 소설

초판 1쇄 찍은 날 § 2014년 8월 20일
초판 1쇄 펴낸 날 § 2014년 8월 21일

지은이 § 김현우
펴낸이 § 서경석

편집부장 § 권태완
편집책임 § 정수경

펴낸곳 § 도서출판 청어람
등록번호 § 제387-1999-000006호
등록일자 § 1999. 5. 31
어람번호 § 제1-1916호

주소 § 경기도 부천시 원미구 심곡2동 163-2 서경B/D 3F (우) 420-822
전화 § 032-656-4452 팩스 § 032-656-4453
http://www.chungeoram.com
E-mail § chungeorambook@daum.net

ISBN 979-11-316-9161-8 04810
ISBN 978-89-251-3523-6 (세트)

레드 크로니클

Red Chronicle

김현우 퓨전 판타지 소설

FUSION FANTASTIC STORY

CONTENTS

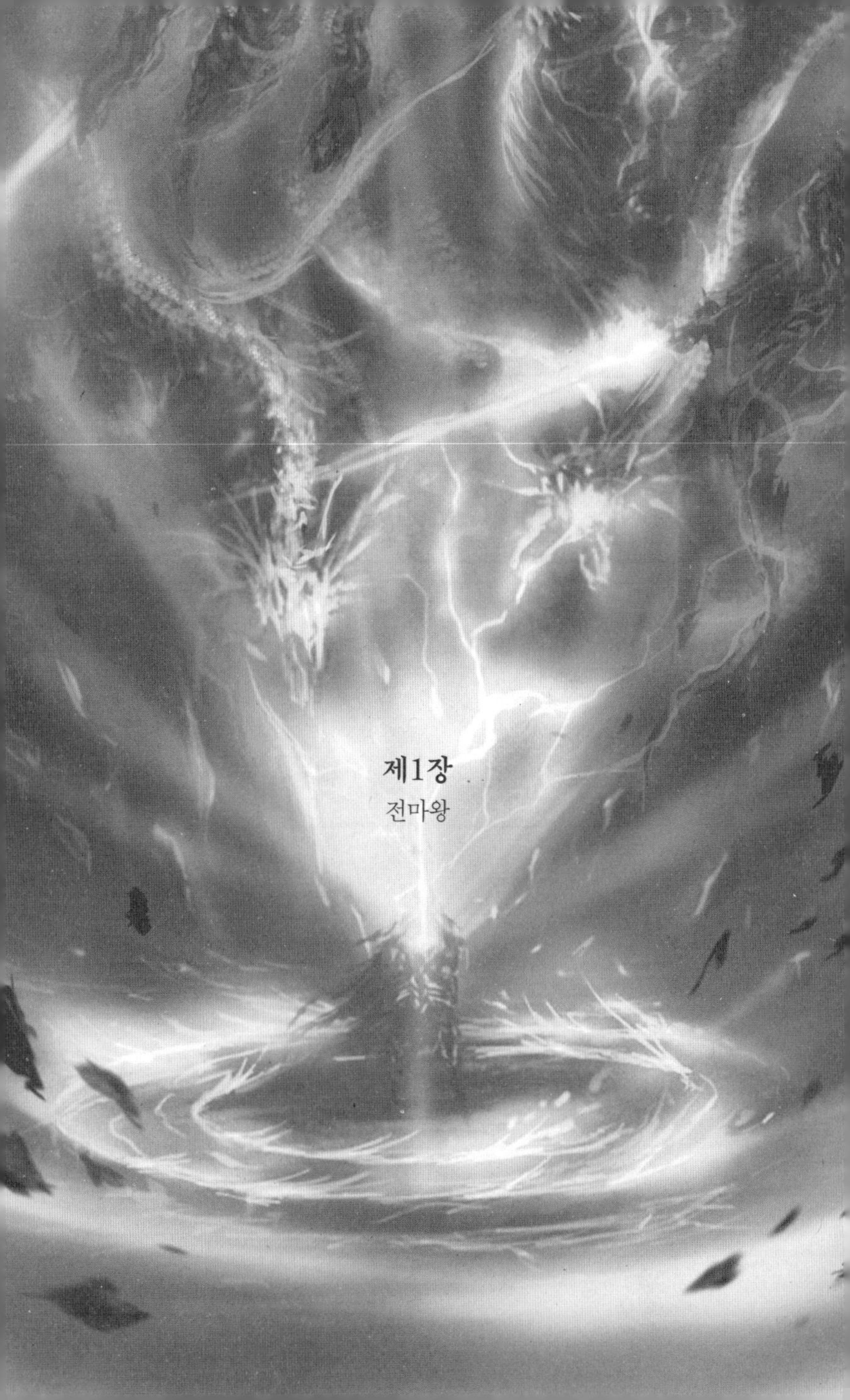

제1장

전마왕

쿠우우!

거센 기세가 주변을 휩쓸기 시작하자 공기층이 낮게 가라앉았다.

"심상치 않군."

헤셀 백작령의 함락을 위해 군을 이끌던 레임의 표정이 찌푸려졌다.

경쟁자인 형 그리퍼를 따돌리기 위해 군을 바짝 조여 진군한 그였다. 서두른 덕분에 누구보다 빠른 속도로 군을 이동시킬 수 있었지만 전신을 휘감는 위화감은 조금씩 강렬해지고 있었다.

"어떻게 하실 겁니까?"

"계속 진군을 해야지요."

옆에 서 있던 채블린은 담담한 어조로 말했다.

"느낌이 좋지 않습니다."

"적의 숫자가 이십만을 헤아리니 그럴 수밖에 없습니다. 충분히 위협적인 숫자입니다."

현재 레임이 이끄는 군은 십만이었으니 두 배에 달하는 숫자였다. 그가 부담감을 느끼는 것도 잘못된 일은 아니었다.

"하지만 저들 모두 급하게 끌어모은 오합지졸에 불과합니다."

"알고 있습니다. 하지만 상황이 우리 편이 아니지 않습니까?"

"분명 레디븐 백작가에서도 군을 이끌고 오고 있고, 그리퍼 님도 뒤쫓고 있습니다. 하지만 지금 상황에서 가장 중요한 것은 누가 헤셀 백작을 잡느냐입니다."

"음! 우리가 잡을 수 있습니까?"

제아무리 이십만 대군이 오합지졸이라고 해도 두 배가 넘는 숫자는 쉬이 제압할 수 있는 것이 아니었다. 헤셀 백작도 궁지에 몰린 만큼 쉽게 무너뜨릴 가능성은 적었다.

"있습니다."

"호오……."

"그 부분은 도착한 뒤 도련님께 말씀드리겠습니다. 충분히 메리트가 있는 것이니 알고 계시면 도움이 될 것입니다."

"기대하겠습니다."

레임의 좋은 점이 바로 이것이다.

충분히 물어볼 만할 텐데도 억지도 묻지 않고 기다려 준다. 그것은 휘하에 있는 이들로 하여금 좀 더 자유롭게 작전을 펼칠 수 있는 권한을 부여한다.

'잘못된 선택이 아니었다.'

윈스터 후작가의 권력을 움켜쥐고 있는 질렛과 실레반을 질투하여 벌인 일이었지만 후회는 없었다. 오히려 자리에서 웅크린 채 조용히 힘을 기르던 레임의 존재를 발굴하고 세상에 드러날 수 있게 한 스스로에게 자부심이 들 정도였다.

"기대에 부응하겠습니다."

채블린의 입가에 미소가 맺혔다.

레디븐 백작가의 군대와 두 갈래로 나뉜 윈스터 후작군의 움직임 중 가장 빠른 것은 이공자 레임이 이끄는 군대였다.

호시탐탐 남진의 기회를 노리던 그들은 노이안 지방을 잃은 헤셀 백작가의 위기를 틈타 발 빠르게 움직였고, 다른 경쟁자들을 따돌린 채 헤셀 백작령의 중심부에 도달할 수 있었다.

단단히 웅크리고 있을 거라 예상되던 헤셀 백작은 의외의 결정을 내렸다.

성에서 군을 대기시키지 않고 외부로 이끌고 나온 것이다.

이는 지루한 공성전을 펼칠 거라 예상하던 레임에게 있어 뜻밖의 호재였다.

"정면 대결인가."

"헤셀 백작은 자존심이 강한 인물입니다. 두 배가 넘는 숫자의 군을 보유하고 있으면서 수성에 임하면 스스로의 자존심이 용납하지 못할 것입니다. 그렇기에 병사들의 훈련 상태가 엉망임에도 군을 이끌고 나온 것입니다."

"처음부터 예상하고 계셨군요."

"헤셀 백작의 성향을 파악하고 있으면 어렵지 않은 일입니다."

그럴듯한 말에 레임은 고개를 끄덕이며 이어질 말을 기다렸다.

그는 분명 헤셀 백작을 사로잡을 묘책이 있다고 말을 했었다.

"여기에서 도박을 감행하면 됩니다."

"도박이라?"

"헤셀 백작은 군을 이끌지 않고 성내에 있다고 합니다. 이십만 대부분의 군이 성 밖으로 나와 있는 상황에서 소수정예가 성으로 잠입하여 헤셀 백작을 사로잡으면 어떻게 될 거라 생각하십니까?"

"전쟁이 끝나겠군요. 그런데 어떻게?"

의아함이 깃든 물음에 채블린은 입꼬리를 밀어 올리며 웃었다.

"언젠가 쓰게 될 것 같아 삼 년 전부터 성으로 통하는 땅굴을 준비해 뒀습니다."

"그게 정말입니까?"

"지금 본대가 주둔하고 있는 곳도 언제고 헤셀 백작가를 토벌할 때 군이 주둔할 곳이라 생각한 장소입니다. 여기서 멀리 떨어지지 않은 곳에 땅굴을 준비해 뒀습니다."

"놀랍습니다. 삼 년 전부터 미래를 대비하여 준비해 두다니."

혀를 내두른 레임은 연신 감탄하며 고개를 끄덕였다. 그리고 얼굴에 환한 빛이 떠오르기 시작했다. 소수정예를 성내로 투입시켜 헤셀 백작을 사로잡을 수 있다면 전쟁은 끝난 것이나 다를 바가 없었다.

"헤셀 백작령의 점령이야말로 본가의 분수령이 될 거라 믿어서입니다."

"하긴, 레디븐 백작을 공격하기에는 아버지가 고지식하

지요."

"이제는 달라지실 겁니다."

"그렇게 보십니까?"

"대의를 품기 위해서는 달라져야 한다는 것을 잘 알고 계시기 때문입니다."

"대의라, 어떤 대의입니까?"

레임은 윈스터 후작가의 후계자가 되기 위해 고군분투했을 뿐, 다른 것에 대해서는 여유를 갖지 못했고 알지도 못했다. 최측근이라고 할 수 있는 채블린은 어떤 부분을 보고 이런 말을 하는 것인지 궁금했다.

"황제가 될 수 있는 포부, 제국 백성을 평안하기 만들겠다는 결심입니다."

"……."

할 말을 잃은 그가 멍하니 채블린을 바라보았다.

설마하니 대놓고 황제가 될 포부를 거론할 줄은 몰랐던 것이다.

"놀라셨습니까."

"예, 정말 아버님의 의중입니까?"

"하하! 주군께서는 명문가의 주인이십니다. 그런 생각을 가지고 계셔도 함부로 언급하지 않으십니다."

"그럼?"

"저와 주변의 다른 책사들은 이미 주군만이 난세를 종식시킬 수 있다고 믿고 있습니다. 그럴 만한 힘을 지닌 것도 주군밖에 없으시고. 그래서 비밀병기가 탄생했음에도 아껴두고 계신 것입니다."

비밀병기라는 단어에 레임의 눈이 번뜩였다. 다른 무언가를 숨기고 있음이 감각에 전해진 것이다. 그것을 알기 위해 채블린을 바라보며 물었다.

"제가 모르는 비밀병기로군요."

"도련님이 후계자가 되는 날, 알게 될 겁니다."

"좋습니다, 그런 말을 들으니 더 잘해야겠다는 의욕이 타오르는군요. 정예를 선발하여 곧바로 공략하도록 하겠습니다."

"힘껏 돕겠습니다."

서로를 바라본 두 사람의 얼굴에 짙은 미소가 드리웠다.

야심한 새벽, 성안은 고요했다. 인적이 드물어 음산한 분위기마저 자아내고 있는 곳의 한 집에서 요란한 소리가 들려왔다.

덜컹덜컹.

나무로 된 바닥이 움직이더니 이내 갈라진 틈이 드러났다. 그 사이로 모습을 드러낸 것은 검은 야행복으로 몸을 가린 사람이었다.

그렇게 하나둘씩 모습을 드러낸 인원의 숫자는 물경 백을 헤아렸다.

집 안 가득 모인 사람을 점검한 복면인이 고개를 끄덕이곤 입을 열었다.

"이동한다."

저벅저벅.

잔뜩 죽인 발자국 소리가 조용히 울려 퍼지면서 집을 나섰다.

그들의 움직임은 신속하고 날카로웠으며, 목표를 향해 빠른 속도로 질주하고 있었다.

'정보대로군.'

기습 부대를 이끌게 된 윈스터 후작가의 비즐리 남작은 주변 경계망이 느슨해진 것을 확인하고는 눈을 빛냈다.

대부분의 병력이 성 밖에 주둔하고 있는 상황이었고, 성내는 경계를 서는 몇 되지 않는 숫자가 전부였다.

이러한 상황에서 성내에 있는 헤셀 백작을 사로잡게 되면 전쟁은 그날부로 끝이었다.

며칠 뒤에 헤셀 백작이 본진에 합류하겠다는 말이 있었지만 미적거리고 있는 지금이 그를 사로잡을 절호의 기회였다.

'저곳이군.'

목적했던 헤셀 백작의 거처가 눈에 들어왔다. 주변을 슥 둘러본 비즐리 남작이 손을 들어 공격 개시 명령을 내렸다.

어둠을 틈타 이동하는 그들의 기척은 느껴지지 않았으며, 마치 한 몸처럼 자유롭게 주변을 누볐다. 저택을 지키고 있는 병사들이 의아함을 느낀 것은 바로 앞에 나타난 검은 물결 때문이었다.

"누구냐! 컥!"

"적이… 크악!"

날카로운 칼날이 허공을 가르는 순간, 경비병은 그대로 목숨을 잃었다. 빠른 움직임으로 정문에 도달한 비즐리 남작은 단칼에 기사를 베어버리면서 완벽하게 저택 정문을 장악했다.

"예정대로 나눠서 움직이고 헤셀 백작이 빠져나갈 구멍을 틀어막는다."

저택 구조는 이미 오래전에 파악해 두었기에 헤셀 백작이 빠져나갈 곳은 없다고 봐도 무방했다. 자신의 손으로 전쟁을 끝낼 수 있다는 생각에 비즐리 남작은 가벼운 전율에 휩싸이고는 이동을 개시했다.

아니, 하려고 했다.

"역시 예상대로인가, 후후."

"누구냐!"

기척도 느껴지지 않는 상대가 접근하자, 비즐리 남작의 두 눈에 경계 어린 빛이 서렸다.

하지만 그것은 이내 흔적도 없이 사라졌다. 자신들의 앞을 가로막고 있는 사람이 단 한 명에 불과하다는 것을 알아차린 것이다.

그들의 앞을 가로막은 것은 다름 아닌 슈크라인.

헤셀 백작과 계약을 맺은 그가 침입자를 막기 위해 가로막고 나선 것이다.

"이래서는 내가 이용당하는 꼴이로군."

입가에 쓴 미소가 지어졌지만 특별히 기분이 나쁘지는 않았다.

아마 이번 일로 자신의 능력을 알아보려고 하는 것일 터.

따분함을 견디지 못해 인간 세상으로 흘러나왔지만 이렇게 인간에게 이용당하는 것은 그로 하여금 기이한 기분에 휩싸이게 만들었다.

스스슷!

검은 기운이 그를 중심으로 퍼져 나가며 섬뜩한 파동이 주변을 휩쓸었다.

비즐리 남작을 비롯한 침입자들은 알 수 없는 오한에 몸을 부르르 떨었다.

"피와 살이 튀는 전장을 맛볼까."

어둠 속에 드러난 슈크라인의 미소는 짙은 혈향을 머금고 있었다.

"…대단하군."

저택에서 펼쳐지는 일방적인 학살을 지켜본 헤셀 백작이 고개를 끄덕였다.

스스로를 마왕이라 칭한 자와의 계약은 끝 맛이 개운치 않음을 남겼기에 헤셀 백작은 그의 실력을 확인할 필요성을 느꼈다.

그래서 자기 자신을 미끼로 삼았고, 슈크라인으로 하여금 침입자를 상대하게 했다.

마왕을 이용하려는 계책이었지만 그는 받아들였고, 그 결과가 눈앞에 드러나고 있었다.

섬뜩했다.

그는 어렵지 않게 침입자 전체를 죽일 수 있는 능력을 지니고 있음에도 일부러 그들 사이로 뛰어들었다. 그리고 펼쳐진 것은 전장에서도 보기 힘든 참혹한 광경이었다.

양손에 잡힌 모든 것은 갈가리 찢겼고, 팔과 팔꿈치, 심지어 박치기를 하면서 치열한 전투를 벌였다.

공격이 스쳐 지나갈 때마다 적의 육신은 박살 나거나 분해됐고, 붉은 피와 살점에 바닥을 적시며 치열한 전장을 만들어냈다.

슈크라인은 잔인하면서 자신이 만든 광경을 진심으로 즐겼다. 적을 최대한 죽이지 않은 채 천천히 파괴하며 끝없이 발버둥 치게 만들었고, 의지를 잃은 자들에게 최대한 고통을 선사하며 웃었다.

마침내 침입자들의 수장이 사지가 찢겨 죽었을 때, 슈크라인은 하늘을 바라보며 미소를 짓다가 헤셀 백작이 서 있는 곳을 향해 시선을 옮겼다.

서늘해지는 가슴이 느껴지며 여러 가지 생각이 머릿속을 스쳤다.

하지만 입가에 지어지는 것은 후회가 아닌 만족의 미소였다.

"내 선택은 틀리지 않았군."

그의 두 눈은 슈크라인과 흡사한 붉은 기운이 감돌고 있었다.

침입자가 성안으로 들어간 지 하루가 지나고 이틀이 지났다. 하지만 아무런 소식이 전해지지 않았고, 성 내부에 잠입한 첩자들도 알아내지 못하기는 마찬가지였다.

그렇게 일주일 정도가 흐르자, 채블린은 계획이 실패했다는 것을 알아차릴 수 있었다.

"전멸이라니……."

"헤셀 백작이 눈치채고 있던 것입니까?"

"그럴 리가 없는데, 땅굴이나 적의 호위 체계는 이미 오래 전에 파악해 뒀습니다."

"그럼 이유가 무엇입니까?"

"죄송합니다. 원인을 파악하겠습니다."

성공을 자신하던 채블린은 상황이 이렇게 흘러가게 되자 가슴이 답답해짐을 느꼈다.

실패할 가능성이 거의 없는 작전이었다. 적의 방어 체계부터 시작하여 헤셀 백작의 도주로와 성의 구조 등을 모두 파악하고 임했음에도 실패하다니. 무엇보다 정보가 부족하여 자세한 상황을 파악할 수 없다는 사실이 등골을 오싹하게 만들었다.

"큰일 났습니다."

"뭐냐?"

"적이 공격을 개시하고 있습니다."

"뭐라?"

갑작스러운 적의 공격이라니.

레임과 채블린의 시선이 허공에서 마주쳤다. 연이은 상황에 그들의 표정이 잔뜩 일그러져 있었다.

총공격을 개시하는 헤셀 백작가의 군대 숫자는 물경 이십만을 헤아렸다.

이곳저곳에서 끌어모은 오합지졸이라고 하나 그 숫자 하나만으로 커다란 위협이 되기에 부족함이 없었다.

쿠우우우.

평원을 가득 채우는 숫자임에도 그들의 진군 모습은 일반과 궤를 달리했다.

우선 고요했다.

이십만이라는 숫자가 일제히 공격을 감행하게 되면 평원 전체가 쩌렁쩌렁 울릴 정도로 함성을 지르게 마련이다. 하지만 진격을 하는 그들은 음산한 기세를 흩뿌리며 어떠한 함성도 지르지 않고 있었다. 그것이 오히려 상대의 기세를 제압했다.

또 다른 점은 진군 속도가 빠르다는 것이다.

일반 병사들이라고 믿기 힘들 정도로 빠르게 이동하는 모습은 전력질주를 하고 있는 것이 아닌가 의심이 들 정도였다.

그리고 마지막.

그것은 직접 헤셀 백작군을 접한 윈스터 후작군의 두 눈으로 깨달을 수 있었다.

강렬했다.

전신에 알 수 없는 기운을 흩뿌리며, 약을 한 것처럼 두 눈이 붉게 물들어 달려드는 모습은 흡사 미치광이를 연상케 했다.

화살비가 쏟아짐에도 물러서지 않고, 함정에 빠져도 오히려 웃는다.

그러한 섬뜩한 모습은 윈스터 후작군의 기를 꺾어놓기에 충분했다.

그렇게 전진한 그들이 충돌을 일으킬 때, 단지 광기에 휩싸인 것만이 아니란 걸 깨닫게 되었다.

헤셀 백작군은 무서울 정도로 강했고, 투쟁심이 넘쳤다. 온몸에 창칼이 꽂혀도 끝까지 적을 물고 늘어지는 독기는 윈스터 후작군의 기를 질리게 만들었다.

와아아아!

한 번 무너지기 시작하자 그다음은 걷잡을 수 없이 확산되었다.

채블린의 지략과 군을 이끄는 장군들이 노력을 기울였지만 헤셀 백작군의 무서운 기세는 단숨에 그들을 집어삼키고 말았다.

대패.

기세등등하게 가장 먼저 헤셀 백작을 사로잡으려고 하던 레임의 처참한 패배였다.

윈스터 후작군 대패!

이 사실이 제국 전역으로 퍼져 가는 데 오래 걸리지 않았다.

사람들은 맥없이 패한 윈스터 후작가를 보며 경악을 금치 못했다.

그도 그럴 것이 헤셀 백작이 끌어모은 군대는 말 그대로 전투에 임할 수 있는 모든 인원이었다.

제대로 된 훈련이 될 리 만무, 그에 반해 윈스터 후작가의 군대는 일당백 용사들이었다.

그런 그들을 향해 무작정 돌격을 하여 승리를 쟁취했다는 사실만으로 놀라움을 자아내기에 부족함이 없었던 것이다.

"재미있게 돌아가는군."

윈스터 후작가의 패배는 의외의 사실이기에 티엘이 고개를 끄덕였다. 곁에 있던 클리멘트 남작도 호기심을 드러내며 수긍했다.

"확실히 의외입니다."

"이러면 이야기가 달라지나?"

"아직은 아닙니다. 헤셀 백작을 노리는 무리가 더 있습니다. 다만, 이전과 분위기가 다르게 흘러갈 것임은 분명합니다."

"오합지졸도 분위기를 타면 강병이 되지."

"예, 헤셀 백작이 허무하게 무너질 것이라 생각되었지만 한 번의 승리로 기세를 타면 어떻게 될지 모릅니다. 모든 상황은 유리하게 돌아갈 것입니다."

세 가문이 치열하게 싸울수록 노이안 지방을 차지한 로운 후작가의 상황이 유리하게 돌아간다.

"유리하게라, 나쁘지 않군. 계획 진행에 차질은 없나?"

"노이안 지방으로 추가 증원군을 보내야 할 것 같습니다. 아직 반항이 거세다고 합니다."

토릭슨이 말을 보탰다. 노이안 지방의 대부분을 차지했지만 기득권을 쥐고 있는 몇몇 귀족은 성문을 걸어 잠그고 농성전을 펼치고 있었다.

"얼마를 원하지?"

"삼만입니다."

"파견하면 본가를 지키는 최소한의 숫자만 남게 되겠군."

헤인즈 지방은 인구 밀집도가 높은 곳이 아니었고, 수군과 해군을 운용하기에 병력 운용에 있어 늘 부족함에 시달렸다. 이번 정벌 전쟁 또한 아이주 지방을 점령한 뒤 얼마 지나지 않아 벌인 것이기에 병력 운용이 굉장히 빠듯한 실정이었다.

"주군께서 계시니 괜찮습니다."

나름대로 선한 미소를 지어 보인 토릭슨이었지만 그 이면에 서린 의도는 티엘에게 적나라하게 드러났다.

"여차하면 부려먹겠다는 심보가 느껴지는데?"
"헉!"
"사실이군."
"아, 아닙니다!"
"아니라고?"
"그, 그게 그러니까……."
궁지에 몰린 토릭슨은 식은땀을 뻘뻘 흘리면서 제이론에게 도움을 청했다. 그 눈빛을 외면하지 못한 제이론이 고개를 숙였다.
"죄송합니다, 주군."
"그런 말이 나왔다는 뜻이군."
"제 의견은 아니었습니다."
"그럴 테지."
토릭슨을 바라보는 티엘의 눈은 담담했지만 깊은 곳에서 일렁이는 기세는 더욱 강해졌다.
이런 맹랑한 의견을 개진할 수 있는 사람은 이 자리에 그밖에 없을 테니까.
"하하, 용서해 주십시오."
"어느 정도 전쟁 억지력을 발휘할 수 있다고 생각했나 보군."
"예, 주군뿐만 아니라 클레디오 백작님도 있지 않습니까?

두 명의 절대강자가 있으니 병력이 적어도 절대 도발을 감행하지 못할 것입니다."

"진행하도록. 증원군의 사령관은 그윈으로 삼도록 하고."

굳이 그윈을 파견할 이유는 없지만 요즘 하멜 남작과 친해지면서 부쩍 술을 자주 마시며 늦게 들어오곤 했다. 푸념하듯 그 이야기를 꺼낸 실비아의 말 때문에 보내는 것은 절대로 아니었다.

"알겠습니다."

얼마 되지 않아 또 원정을 떠나게 된 그윈에게 애도를 보내는 토릭슨이었다.

티엘의 수련은 명상을 중심으로 비기 중 비기인 공간검의 의념을 극대화하는 것으로 시작된다.

의지가 닿는 모든 공간을 지배하는 공간검은 누구도 무너뜨릴 수 없는 절대무적의 힘을 자랑했고, 그것을 갈고 닦으면 더 높은 경지로 나아갈 수 있다고 믿었다.

하지만 얼마 지나지 않아 그것만 고집하는 것이 능사가 아님을 깨닫게 되었다.

"앞으로만 나아가는 게 좋은 방법이 아니라는 걸 느끼게 될 줄은 몰랐는데."

근래 들어 그가 지향하는 것은 바로 공간검의 의존도를 줄이는 것이었다.

공간검은 차원과 차원의 벽을 갉아먹는 역할을 하고, 이것은 마족으로 하여금 중간계에 강림할 수 있는 빌미를 제공한다.

이러한 사실을 깨달은 티엘은 그간의 깨달음을 다른 방향으로 선회하여 새로운 검을 창안하는 데 신경을 집중했다. 그것이 바로 오러 파이어를 응용하여 검법을 만드는 것이었다.

"의념을 나누는 게 이렇게 힘들 줄은 몰랐군."

공간검의 존재는 전생의 자신이 말년이 되어서야 완성한 비기였다.

그것을 사용할수록 차원의 벽이 얇아지는데, 전생에서는 실험적으로 몇 차례 사용한 것이 전부였지만 젊은 시절로 돌아오면서부터는 자주 사용했다.

이는 전보다 차원의 벽이 얇아졌음을 의미했고, 중간계에 강림하는 마왕의 힘이 더욱 강해지고 있다는 뜻이기도 했다.

이러한 사실을 알게 된 것은 켈그라인을 보면서였다.

그는 마왕과 대결에서 본 적 없는 마계의 지배자였지만 지닌 무위는 티엘이 알고 있던 어떠한 마왕보다도 더 강한 힘을 지니고 있었다.

특출하게 강한 힘을 보유한 것일 수도 있지만 그 수준이면 대마왕이라 칭해야 함이 옳을 터였다.

켈그라인이 기존의 마왕과 다르지 않은 존재라면 가정은 단 하나, 차원의 벽이 그만큼 얇아져서 마왕이 온전한 힘을 지닌 채 중간계에 강림했다는 뜻이 된다.

티엘에게 있어 달갑지 않은 순간이기도 했다.

물론 나쁜 영향만 끼친 것은 아니었다.

"그것을 맹신하지 않게 된 것만으로도 다행이지만."

공간검의 의존도를 줄여 나감으로써 정체되어 있던 깨달음이 한 걸음씩 앞으로 나아가기 시작했던 것이다.

높은 경지는 무궁무진했고, 검의 세계는 아직 가야 할 길이 멀었다.

오러 파이어의 새로운 운용 방법과 휘하 기사들을 가르침으로써 새로운 깨달음을 얻게 된 티엘은 지금 상황이 결코 나쁘지 않다는 걸 잘 알고 있었다.

우우웅!

거센 울림과 동시에 세 자루의 검이 떠오르기 시작했다.

그중 하나는 마왕에게서 얻은 마검 그로인츠였다.

어둠의 마나를 발산하는 마검의 존재감은 보는 것만으로도 사람의 영혼을 강하게 옥죄고 있었다.

공간의 제약을 무시하는 세 자루의 검은 허공을 자유롭게 누볐다.

여러 자루의 검을 의지로 묶어 검술을 펼치게 된다면 더 이상 세상의 적은 존재하지 않게 될 것이다.

"내 의지가 주변을 지배할 수 있게 되는 순간, 더 이상 공간 검은 내 비기가 아니게 되겠지."

검을 바라보는 티엘의 입가에 짙은 미소가 걸리고 있었다.

윈스터 후작군이 대패를 함으로써 헤셀 백작은 가까스로 한숨을 돌리게 되었다.

그 이면에는 자신에게 힘을 빌려준 마왕의 존재가 있었다. 이번 승리를 통해 병사들의 사기가 하늘 높은 줄 모르고 치솟았고, 나아가 잃었던 영토를 회복할 수 있을 거란 희망이 생겨나기 시작했다.

"대단하더군."

"마왕의 힘이면 간단한 일이다."

"쓰레기 같은 징집병들을 그렇게 강하게 만들 줄은 몰랐다."

슈크라인이 자신의 힘을 증명함으로써 마왕임을 드러냈지만 그를 대하는 헤셀 백작의 태도에는 변함이 없었다.

"재미있군. 마왕인 내게 아직도 뻣뻣한 모습을 보이다니."

"서로 원하는 것을 얻기 위해 계약한 이상 우리의 관계는 동등하다. 이제라도 내가 마왕 대접을 해주길 원한 것인가."

"그것도 재미있겠지만 굳이 그럴 필요는 없다. 네놈이 그동안 보아온 인간들과 다르다는 생각이 들었을 뿐이니까."

"원하면 언제든지 말하도록. 내 목적을 이루기 위해서라면 기꺼이 발바닥이라도 핥을 테니."

싸늘하게 빛나는 헤셀 백작의 눈에는 지독한 원한이 넘실거리고 있었다.

그것이 무엇을 의미하는지 알고 있는 슈크라인의 입꼬리가 말려 올라갔다.

"복수를 위해 자존심도 접을 수 있다는 건 멋진 일이지. 그 소망, 내가 이루어줄 수 있다."

"거부하지 않겠다. 내가 원하는 것은 내 영토를 침범해 자기들 멋대로 날뛴 침략자 녀석들을 모조리 쓸어버리는 것이다."

마왕의 권능을 부여받은 헤셀 백작의 군대는 윈스터 후작가의 정예를 압도할 정도로 강한 힘을 지니게 되었다.

이제 남은 것은 적을 추격하고, 이곳으로 향하는 다른 적들을 격파한 뒤 잃은 영토를 모두 수복하는 것이었다.

"그 바람, 이루어주도록 하지."

전투는 슈크라인에게 있어 숨 쉬는 것처럼 일상의 자연스러운 부분이었다.

이해관계가 맞아떨어진 헤셀 백작에게 있어 마왕의 힘은 반드시 필요한 것이었다.

"너의 진실된 신분을 알고 싶다."

"내 이름은 슈크라인, 마계의 자랑스러운 군주다."

"내가 원하는 것은 이름이 아니다. 마족들이 널 일컫는 진실된 신분이다. 그걸 알려주면 네게 모든 것을 맡기도록 하겠다."

"호오, 그걸 알고 있나?"

슈크라인의 두 눈이 요사스럽게 빛났다.

방금 전 헤셀 백작이 언급한 것은 마계의 율법이라고 할 수 있는 것이다.

마족들은 대부분 이름이 존재하지만 그들에게 있어 이름은 큰 의미를 지니지 않는다. 오히려 그동안 쌓아온 업을 바탕으로 만들어진 칭호를 더 중요시 여겼는데, 마계의 군주들은 이것을 가면 속에 숨겨진 진실이라 하여, 이름보다 더 진명으로 여기는 경우가 많았다.

마족들만 알고 있는 율법을 헤셀 백작이 알아내어 슈크라인의 칭호를 묻는 것이었다.

"알 자격이 된다고 하나?"

"물론이다."

"고작 인간이 내 진명을 알아낼 정도라고 보이지 않는군. 협력 대상이라고 해도 주제가 넘으면 언제든지 지워질 수 있다는 걸 알아라."

자신의 힘을 증명하고, 원하는 것을 충족시킨 슈크라인은 더 이상 헤셀 백작에게 협조적이지 않았다.

그는 탐욕스러운 마족이었고, 자신이 원하는 것을 얻기 위해 수단과 방법을 가리지 않았다.

헤셀 백작은 자신에게 있어 조금 유용한 수단에 지나지 않을 뿐, 다른 것에서 큰 의미를 지니고 있지 않았다.

"그럴 테지. 하지만 목적을 이루기 위해서는 내가 가장 유용하다는 것도 부인할 건가?"

"쓸모가 있다는 건가? 틀린 말은 아니로군. 허튼짓을 하지 않으니 말해주도록 하지. 나는 마계의 군주 슈크라인, 마족들은 나를 전쟁에 미친 전마왕이라 칭한다."

"전마왕… 지금 내가 처한 상황과 아주 잘 어울리는군."

"그래서 내가 너를 찾은 것이다."

미소 짓는 슈크라인을 보며 헤셀 백작은 자신이 돌아올 수 없는 길을 갔다는 걸 알아차렸다.

전마왕인 그는 전쟁을 생업으로 삼으며 모든 적을 말살시키는 존재였다.

그와 손을 잡은 이상 자신에게 후퇴란 존재하지 않으며, 적대하는 모든 적을 철저하게 말살시키는 것만 가능했다.

하지만 지금 상황에서 그것이 오히려 유용했다.

사방이 적이었고, 모두 강한 힘을 지니고 있었다. 자신의 자존심을 흠집 내고, 자신의 것을 탐한 녀석들을 죽일 수 있다면 영혼을 불태워서라도 시도할 것이다.

"내 목적은 날 적대하는 모든 적의 말살, 그 대가로 내 모든 것을 가져가도 좋다. 전마왕 슈크라인, 날 도와다오!"

"그 제안 받아들이지."

두 시선이 허공에 부딪쳤다.

레임의 패배 소식은 뒤처져서 전진하던 그리퍼에게도 전해졌다. 그는 즉시 실레반을 청하여 굳은 표정으로 보고를 전달했다.

"레임이 패했습니다."

"이런 일이 발생할 줄은 몰랐는데."

"대체 헤셀 백작이 무슨 수를 쓴 것입니까?"

"아직 확인할 수 없습니다. 한 가지 분명한 것은 헤셀 백작이 본가에서도 알지 못하는 비장의 수단을 손에 넣었다는 걸 의미합니다."

"비장의 수단이라……."

철저하게 패하고 망가진 레임을 떠올리며 그리퍼의 표정이 미묘하게 바뀌었다.

라이벌인 동생의 패배를 좋아해서는 안 되지만 철저하게 당한 그가 후계자 구도에서 멀어질 것을 생각하니 싫은 기분이 들지 않았다.

그렇다고 점령 대상인 헤셀 백작이 의기양양해서 날뛰는 것도 원치 않았다.

복잡 미묘한 감정이 교차하는 것을 느끼며 그리퍼는 아무 말도 하지 않았다.

그 모습을 조용히 지켜보던 실레반이 물었다.

"공자님의 생각은 어떻습니까?"

"제 생각입니까?"

"군을 이끄는 것은 공자님입니다. 모든 결정은 공자님의 몫입니다."

"저는 실레반 책사님의 분석을 듣고 싶습니다."

레임에게는 실레반 못지않은 꾀주머니 채블린이 있다. 그가 있음에도 헤셀 백작에게 철저하게 당한 이상 자신 혼자서 독단으로 판단을 내리다가는 자칫 일을 그르칠 가능성이 농후했다.

잠시 침묵하던 실레반은 결정을 내린 듯 조심스럽게 말했다.

"우선 진군을 멈추는 것을 추천 드리고 싶습니다."

"어째서입니까."

"현재 헤셀 백작가에 어떤 비장의 무기가 있는지 알지 못합니다. 이것은 자칫 우리도 헤셀 백작에게 당할 수 있다는 것을 의미합니다."

"……."

그리퍼는 아무 말도 하지 않았다. 마음 같아서는 레임이 당해내지 못한 적을 자신이 멋지게 격파하여 아버지 윈스터 후작에게 어필하고 싶은 마음이 강했다. 하지만 실레반의 논리정연한 분석에 아무 말도 할 수 없었다.

하지만 이어진 말에 그리퍼는 반응을 보였다.

"무엇보다 패배한 아군을 보듬어주는 것이 현 상황에서 최선입니다."

"보듬다니, 레임을 말입니까?"

"예."

"그런다고 하여 고마워 할 녀석이 아니란 걸 아시지 않습니까?"

"그래도 하셔야 합니다. 공자님은 주군의 장자이고, 장차 가문을 아우를 후계자를 목표로 하고 있기 때문입니다."

"……."

그럼에도 그리퍼의 불만스러운 표정은 사라지지 않았다. 좀 더 자세한 설명을 요구하는 얼굴에 잠시 입을 닫은 실레반이 차근차근 설명해 주었다.

"공자님이 작은 공자님을 상대로 승리하고 후계자가 되어 가문을 계승한다고 해도 레임 공자를 내치면 안 됩니다. 좋지 않더라도 가문 내에는 작은 공자님을 지지하는 세력이 존재하기 때문입니다. 그들을 포용하지 않으면 윈스터 후작가라는 거대한 가문은 삽시간에 여러 갈래로 나뉘어 쪼개질 우려가 있습니다. 이는 공자님께서 막강한 가문의 힘을 계승할 수 없다는 걸 의미합니다."

"레임에게 잘 대해주는 모습을 보여 불만 세력까지 모두 포용하라는 뜻입니까?"

"그렇습니다."

"그것이 헤셀 백작가를 점령하는 것보다 가치가 있는 일입니까?"

그의 의문은 바로 그것.

자신이 레임보다 우위에 있는 걸 증명하는 것보다 그를 포용하는 것이 더 이득인지에 대해서는 의문 부호가 그려질 수밖에 없었다.

"제 생각에는 그렇습니다."

"저는 다릅니다."

"물론 그렇게 생각하실 수 있습니다. 하지만 깊게 생각하면 이야기는 달라집니다. 작은 공자님 곁에는 채블린이 있습니다. 그가 있음에도 대패를 당했다는 것, 그것이 단순히 작은 공자님의 고집만으로 벌어진 일이라 보십니까?"

"다른 요소가 있겠지요."

단순히 채블린의 말을 무시했다고 그 정도로 철저한 대패를 당했다고 볼 수 없었다.

실레반이 말하고자 하는 것은 그 이면에 다른 이유를 말함이라.

“그렇습니다. 그리고 그 요소는 현재 알고 있는 이가 없습니다. 이것은 굉장히 위험한 것입니다.”

“우선은 그걸 알아내야 한다는 뜻으로 들립니다.”

“예, 본가에서만 진군을 했다면 알아내는 데 오랜 시간이 걸리겠지만 다행히 우리 말고도 같은 목적을 지닌 이들이 군을 이끌고 있습니다.”

“레디븐 백작가.”

“그들을 미끼 삼아 헤셀 백작가의 힘을 알아볼 생각입니다. 이는 공자님에게도 결코 손해되는 일이 아닐 것입니다.”

“하지만 그러다가 그들이 먼저 헤셀 백작을 잡기라도 한다면…….”

“그때는 작은 공자님을 설득하여 같이 헤셀 백작가를 점령하는 것입니다. 먼저 전투를 치러 힘이 빠진 레디븐 백작가와 숫자도 더 많고 힘이 비축된 본가의 군대는 전력 면에서 크게 우위를 점합니다.”

차분하게 이어지는 설득에 그리퍼도 마음이 흔들리는 것을 느꼈다.

자신은 그저 지켜보기만 하면 된다.

상황은 자신에게 기울었고, 원하는 상황에 따라 몸을 움직이면 알아서 모든 것이 자신을 따라 변하고 원하는 것을 얻을 수 있으리라.

그제야 자신이 레임의 추락에 조급해져서 일을 그르칠 뻔한 것을 깨달은 그리피였다.

나직이 고개를 끄덕인 그는 자신에게 이러한 사실을 깨우쳐 준 실레반에게 고개를 숙였다.

"감사합니다. 책사님이 아니었으면 제가 일을 그르칠 뻔했습니다."

"실수는 누구나 하지만 그것을 반성하고 사과할 수 있는 용기는 아무나 지닌 것이 아닙니다. 공자님은 이번 전쟁을 통해 입지를 확실히 굳힐 수 있을 것입니다."

"물론입니다."

서로를 바라보는 두 사람의 얼굴에는 짙은 미소가 드리우고 있었다.

윈스터 후작가의 패배 소식은 파죽지세인 레디븐 백작가의 진군마저도 멈추게 만들었다.

표정을 굳힌 제이안은 군을 이끄는 케빈을 불러 상의를 나누었다.

"고민입니다."

"무엇 때문이지?"

"윈스터 후작가의 패배가 이상합니다."

"그야 잘못해서 말려든 것 아닌가? 선수를 빼앗길 뻔했으니 이번 기회에 확실하게 적들을 밀어버리면 될 것 같은데 복잡하게 생각할 필요가 있나?"

케빈은 단순하게 생각했지만 제이안은 달랐다. 정예병인 윈스터 후작군이 속절없이 패한 내막을 알지 못하기에 신중을 기할 수밖에 없었다.

"윈스터 후작군은 정예입니다. 지금 우리가 이끄는 것과 비교해도 뒤처지지 않는 그런. 하지만 패한 것은 윈스터 후작군입니다."

"전쟁은 원래 이길 수도 있고 질 수도 있는 법이지. 윈스터 후작가에게 선수를 빼앗겼던 상황에서 주도권을 되찾아올 수 있는 방법이 생겼으니 호락호락 물러날 생각은 하지 않고 있다. 그러니 더 이상 다른 말을 하지 않고 적을 함락시킬 수 있는 방법을 고안했으면 좋겠군."

강경한 케빈의 어조에 제이안은 더 설득하려다가 멈칫했다. 그와 척을 지면 손해를 보는 것은 다름 아닌 자신이었다. 그리고 자세한 정황을 파악하는 것은 진군하면서도 충분히 가능했다.

“알겠습니다.”

“그럼 진군을 하지.”

순순히 받아들이는 제이안의 모습에 케빈은 자신만만한 미소를 지어 보였다.

제2장

절대강자와 마왕

처참하게 패배한 레임의 군은 처음보다 숫자가 현저하게 줄어들어 있었다.

자신만만하게 남진을 할 당시에는 숫자가 십만에 이르렀으나, 본격적으로 전열을 정비하고 그리퍼와 합류했을 때는 삼만 남짓한 숫자로 줄어들어 있었다.

길목에서 기다리고 있던 그리퍼는 패한 레임을 맞이하였다. 표면상으로는 패배를 겪은 아군을 위로해 주는 상황이었다.

"어서 와라."

"…예."

자신의 못난 모습을 보여준 것이 분한 듯 입술을 지그시 깨문 레임이 고개를 살짝 숙인 뒤 그리퍼를 지나쳐서 걸음을 옮겼다. 뒤를 따르던 채블린 또한 분한 기색을 지우지 못한 채 합류했다.

하지만 주도권을 쥔 그리퍼는 호락호락하지 않았다.

곧장 레임을 불러들인 그는 적에 대한 자세한 정보를 요구했다.

"상황이 어떻게 진행되었는지 말해봐라."

"…좀 더 쉰 다음에 말하면 안 됩니까?"

"그러다가 레디븐 백작가에게 모든 것을 빼앗기면 무슨 면목으로 아버지를 뵐 생각이지?"

"……."

윈스터 후작을 들먹이는 행동에 레임은 입술을 지그시 깨물었다. 뭐라고 반박을 하고 싶지만 현재 상황은 자신에게 극도로 불리하게 돌아갔다.

헤셀 백작과의 전쟁 상황을 말하여 그리퍼가 승리를 거두게 된다면 전공은 모두 독식하게 된다. 하지만 이미 패배한 상황에서 아군의 앞길을 가로막게 되면 윈스터 후작의 분노를 감당할 수 없게 된다.

그 사실을 알고 있기에 쉽사리 입을 열 수 없었다.

머뭇거리는 그를 대신하여 입을 연 것은 옆에 있던 채블린이었다.

"제가 고하겠습니다."

"말하십시오."

"헤셀 백작가의 병사들은 정상적인 상태가 아니었습니다."

"정상적이지 않다는 것이 무슨 의미입니까?"

채블린의 말뜻을 이해할 수 없었던 그리퍼가 의아한 표정으로 물었다.

당시의 상황이 떠오른 채블린은 입술을 깨문 뒤 말했다.

"말 그대로입니다. 그들은 온전한 정신을 가지고 전쟁을 치른 것이 아닙니다."

"……."

"두려움 따위는 없었습니다. 마치 이지를 상실한 것처럼 묵묵히 전진할 뿐이었습니다. 동료가 칼에 맞아 죽고 돌에 깔려 죽어도 묵묵히 전진만 할 뿐입니다. 그 모습에 기가 질렸습니다. 그리고 한 번 넘어간 전세는 뒤집어지지 않고 이 상황이 되었습니다."

"그 말씀은 다른 술수를 부렸다는 뜻입니까?"

"제가 보기에는 그렇습니다."

그리퍼가 묻듯이 시선을 보내니, 실레반이 고개를 끄덕여 보였다. 지금 채블린은 거짓을 말하고 있지 않았다.

"좀 더 자세히 말씀해 주십시오."

"말한 그대로입니다. 한 가지 더하자면 헤셀 백작의 군대는 지치지 않았습니다."

두려움이 없고, 지치지 않는 군대라면 그야말로 공포의 대상 그 자체였다.

당시의 기억을 떠올린 레임의 표정은 딱딱하게 굳어 있었고, 그러한 적을 상대해야 하는 그리퍼의 표정도 좋지 못했다.

"흠! 확실히……."

"뭔가 알고 있습니까?"

생각에 잠겨 있다가 고개를 주억거리는 실레반을 보고 그리퍼가 황급히 물었다.

"흑마법의 종류인 것 같습니다."

"흑마법?"

"예, 지금은 자취를 감추었지만 예전에는 제법 흔하게 모습을 드러내곤 했습니다."

"들어본 적은 있지만 헤셀 백작이 흑마법을 사용하다니."

이야기책에서나 전해질 법한 이야기를 듣는 그리퍼의 표정은 기괴하기 그지없었다. 하지만 채블린은 동조하며 말을 덧붙였다.

"확실히 어둠의 마나는 느껴지지 않았지만 그들의 모습을 보면 흑마법이라는 느낌이 들었습니다. 지금 생각해 보면 흑마법이 맞는 것 같습니다."

"역시나."

실레반도 확신을 얻은 듯 흑마법으로 결론을 굳히는 듯했다. 갑작스러운 흑마법의 등장으로 그리퍼나 레임은 얼떨떨함을 감추지 못했다.

"적이 흑마법을 사용하는 것으로 초점을 맞춰야 할 것 같습니다. 예상이 맞다면 현재 상황도 그리 낙관적이지는 않습니다."

"알겠습니다."

와아아아!

거센 함성이 전장을 뒤흔든다.

어느 누구도 밀리지 않고자 지르는 혼신의 함성이라면 버텨보겠지만, 지금 이 함성은 어떻게든 두려움을 감추고자 하는 비명이었다.

"진영을 갖춰! 전선에서 이탈하지 마라!"

선두에 선 케빈이 검을 휘두르면서 병사들을 독려했다. 검에 서린 푸른빛이 번쩍일 때마다 적 서너 명을 베어버렸지만 개의치 않고 전진할 뿐이었다.

"제길."

마스터의 칭호를 부여받은 그조차 질린 표정을 지을 만큼 적의 전진은 끔찍한 것이었다.

그가 이러한데 다른 이들은 어떻겠는가.

이미 상당수 병사들의 얼굴에는 짙은 두려움이 떠올라 있었다.

그것이 의미하는 바는 하나였다. 눈앞에 위치한 적이 선사하는 공포에 조금씩 잠식되어 가고 있는 것이다.

기사단의 활약과 케빈의 지휘로 버텨내고 있지만 그것이 한계에 다다랐다는 것이 피부로 전해지고 있었다.

기세를 끌어 올리고자 오러를 연신 발출했지만 빠른 속도로 소모되는 마나는 점점 지치게 만들었다.

그사이 뒤쪽까지 다가온 기사가 외쳤다.

"사령관님! 책사님께서 후퇴하라고 말하셨습니다."

"뭐라?"

"후퇴하셔야 합니다."

"안 된다!"

"지금 후퇴하지 않으면 모든 것을 잃을 수 있다고 했습니다. 물러서지 않으면 더 큰 패배입니다."

"크!"

"후퇴해야 합니다."

거듭되는 후퇴란 단어에 케빈의 얼굴이 참혹하게 일그러졌다. 주변을 둘러보니 두려움이란 전염병이 퍼지면서 조금씩 헤셀 백작군에게 집어삼켜지고 있는 아군의 모습이 눈에 들어왔다.

더 이상 시간을 지체하면 전열이 흩어지고, 큰 피해를 면치 못하게 되리라.

입술을 질겅 씹은 케빈의 입가에 피가 흘러내렸지만 개의치 않고 외쳤다.

"모두 후퇴한다!"

뿌우우!

후퇴를 명하는 피리 소리가 울려 퍼지자, 병사들이 빠른 속도로 물러나기 시작했다. 헤셀 백작군이 집요하게 따라붙었지만 지휘관들의 지휘 아래 물러나면서 큰 피해를 면하게 되었다.

병사들이 물러나는 순간까지 전장에서 치열하게 접전을 벌이던 케빈은 분노한 표정으로 적을 바라보다 말을 돌렸다.

"확실한 대안을 마련해야 할 것이다, 제이안!"

말을 돌린 케빈이 빠른 속도로 전선을 이탈했다.

윈스터 후작군에 이어 레디븐 백작군까지 패배했다는 소식이 전해졌다.

제국의 패권을 다투는 두 가문의 패배 소식은 각 가문으로 빠르게 전해졌고, 티엘 또한 예외 없이 레디븐 백작가 패배를 들을 수 있었다.

"다른 수작을 부렸군."

"그런 것 같습니다."

"무엇으로 추정되지?"

"아직 확인된 바가 없습니다. 하지만 갑작스럽게 이토록 강한 모습을 보이는 것은 다른 술수를 부린 것으로 생각됩니다."

정보가 부족해서 확실한 답변을 하지 못하는 토릭슨이었지만 헤셀 백작군의 힘이 정상적이지 않다는 것을 파악해 냈다.

하지만 티엘은 이것이 무엇을 의미하는지 너무나 잘 알고 있었다.

"흑마법이다."

"예? 갑자기 흑마법이 왜……."

"헤셀 백작가의 군대가 갑자기 강해진 것은 흑마법으로 잠력을 끌어 올렸기 때문이다."

"……."

갑작스러운 말에 토릭슨은 할 말을 잃었다. 그것은 클리멘트 남작이나 제이론이라고 해서 다르지 않았다.

헤셀 백작가의 연승 소식은 놀랍기 그지없지만 흑마법이라는 단어가 나올 정도는 아니었기에 그렇다.

하지만 티엘이 이런 말을 했다면 분명 짚이는 점이 있을 것이다.

"마왕 중에 전마왕이라는 녀석이 있다. 이 녀석은 피와 살이 튀기는 전쟁에 미친놈이지. 중간계에 강림하면 전쟁을 조장하는 녀석이기도 하다. 이 녀석이 헤셀 백작에게 붙어버렸다."

"주군! 분명 헤셀 백작의 승리는 석연치 않은 점이 있지만 마왕의 소행으로 보기에는 여러 면으로 무리가 따른다고 보고 있습니다."

"그럼 내가 틀린 말을 한다고 생각하나?"

"그건 아니지만……."

"전투의 상황을 지켜보면 전략 전술은 없고 오로지 전진만 존재할 뿐이지. 그리고 두려움 없이 적을 공격하는 것은 이미 이지를 상실했다는 것을 뜻한다."

그 외에도 전달된 정보를 보면 확신을 얻을 만한 요소들은 존재했다.

확정적인 그의 말에 표정을 굳히고 있던 제이론이 조심스럽게 물었다.

"그럼 헤셀 백작이 마왕과 손을 잡았다는 뜻인지요?"

"그렇게 봐도 무방하겠지."

"마왕이라니……."

섬뜩한 느낌에 모두 질린 얼굴로 고개를 절레절레 저었다. 패권을 차지하기 위한 치열한 다툼에서 마왕의 존재는 실감이 나지 않을 수밖에 없었다.

'이곳에서 보게 될 줄 몰랐군.'

전생에 겨뤄본 적 있던 전마왕의 강림에 티엘은 입꼬리를 말아 올렸다.

소멸되는 그 순간까지 공격을 멈추지 않던 호전적인 마왕의 존재는 아직까지 잊혀지지 않는 지독한 호적수였다.

물론 절대 만나고 싶지 않았다.

하지만 중간계에 강림한 이상 중간계 전체를 전장으로 만들어놓으려 할 것이다. 분탕질을 치기 전에 확실히 제거해야 하는 만큼 확실하게 명령을 내려놓았다.

"어느 정도 확실해질 때까지 두 가문이 방패막이 역할을 할 테니 정보부의 역량을 그곳으로 집중하겠다. 고메즈 백작에게 소식을 전해서 최대한 적과 맞서지 말고 방어에 임하게 하도록."

"예, 주군!"

책사들이 힘찬 목소리로 외쳤다.

집무실로 돌아온 티엘의 표정은 딱딱하게 굳어 있었다.

조금 전까지 책사들에게 보여준 모습은 찾아볼 수 없었다.

"전마왕이니."

전마왕 슈크라인.

티엘의 삶에서 가장 큰 괴롭힘을 선사했던 마왕의 이름을 다시 듣게 될 줄 몰랐다.

피와 살이 튀기는 살육의 현장에서 쾌감을 느끼는 전마왕은 전쟁을 치를수록 강해지는 마왕이다.

대부분의 마왕은 권속을 늘리고, 중간계의 영토를 자신의 영지화시킴으로써 힘을 얻지만 전마왕 슈크라인은 아군과 적군의 피해가 누적될수록 큰 힘을 얻는 특이한 마왕이다.

전쟁을 좋아할 뿐만 아니라 계략에도 능하여 적아의 구분을 무의미하게 만들고, 종래에는 서로 반목하고 공격하게 만드는 데 특화되어 있다.

"전생에서도 불리한 진영으로 가더니, 이번에도 마찬가지인가."

불리한 상황에 처한 진영에 나타나 힘을 빌려주고 승리를 쟁취해 내는 슈크라인의 계책은 인간들에게 있어 가장 골치 아픈 것이었다.

티엘이 고민하는 것은 개인보다 전쟁을 일으키는 전마왕의 능력이 아니었다.

전보다 훨씬 얇아진 차원의 벽을 뚫고 온 슈크라인의 힘이 어느 정도일지 가늠할 수 없어서 그렇다. 전쟁을 좋아하는 것과 다르게 슈크라인의 개인 무위는 마왕 중에서도 손에 꼽힐 정도로 강대했다.

무엇보다 무서운 것은 자신의 힘을 적절하게 활용할 줄 안다는 점이며, 불리한 상황이 되면 곧바로 후퇴하는 단호함이었다.

"강림 시기는 빠르고 전보다 더 강한 힘을 지니고 있다면, 마블론과 그윈이 위험하군."

지금 주어진 상황이라면 즉시 노이안 지방으로 향해야 하지만 티엘이 그렇게 하지 못하는 이유가 바로 로웰린과 병력의 유무였다.

본래 그는 노이안 지방을 안정시키면서 드루윙 백작령으로 가서 로웰린을 데려올 생각이었다.

실의에 빠진 것과 별개로 그녀를 위로하고 다독여 줄 수 있는 사람이 자신이라는 걸 알고 있어서였고, 마리아의 강권도 있기 때문이다.

가족의 부탁을 매몰차게 거절할 수 없는 것이 현재 상황이었다.

"윈스터 후작가와 레디븐 백작가가 패퇴하면 그다음은 노이안 지방이다."

하지만 그의 감각은 외치고 있었다.

지금 로웰린을 데리러 가지 않으면 위험하다고.

무엇이 위험한지는 모른다. 알 수 없기에 반드시 가야 한다는 생각이 들었다.

"지침을 바꿔야겠군."

마블론과 그윈의 안위가 걱정되지 않는다면 거짓이다. 그러나 로웰린은 자신의 부인이고, 실의에 빠진 이유는 자신에게도 절반의 책임이 존재했다.

처음에는 대수롭지 않게 여겼지만 아버지가 되고, 여자의 남편이 되었다는 사실이 무거운 책임으로 다가오는 것을 느꼈다.

눈을 지그시 감고 있던 티엘은 모든 결정을 내린 뒤, 본격적으로 명령을 하달하기 시작했다.

대패를 당한 레디븐 백작군은 무려 일주일 동안 이어지는 집요한 추격에 진저리를 쳐야만 했다. 전열이 흐트러지지 않았지만 지치지 않고 이어지는 적의 추격은 기를 질리게 만들기 충분했다.

"제길! 대체 이게 어떻게 돌아가는 것이냐?"

인상을 한껏 일그러뜨린 케빈은 제이안을 보며 소리쳤다.

헤셀 백작가와의 전투는 그에게 있어 강렬한 악몽을 선사했다.

죽여도 죽여도 끝없이 전진하는 불사의 군대!

죽음조차 두려워하지 않는 기세에 레디븐 백작가의 병사들은 겁에 질려야만 했다.

혹독한 훈련을 받았기에 전열이 무너지는 것을 막을 수 있었지만 그날의 기억은 섬뜩한 악몽으로 자리매김한 상황이었다.

"흑마법인 것 같습니다."

"흑마법?"

"예."

"갑자기 여기서 흑마법이라니! 아무리 제정신이 아니라고 해도 흑마법이라고 할 만한 게 있나?"

"병사들의 상태만 보아도 흑마법이라는 사실이 드러나고 있습니다. 이미 윈스터 후작가에서도 저들이 흑마법에 걸린 것이라고 확신을 내려놓은 상황입니다."

"흑마법이라."

표정을 일그러뜨린 채 생각에 잠긴 케빈은 지금의 난국을 어떻게 타개할지 생각에 잠겼다.

이십만이라는 대군을 거느린 헤셀 백작가는 더 이상 자신들이 함부로 대할 수 있는 수준이 아니었다. 연이은 승리로 사기가 한껏 치솟았을 뿐만 아니라, 개개인의 무력이 정예병을 뛰어넘으니 단독으로 상대하는 것에 부담감이 느껴지는 건 당연했다.

추가로 십만의 대군이 합류한다고 해도 이미 한 차례 전투에서 패배했기에 사기는 바닥을 기고 있었고, 무엇보다 헤셀 백작군은 지금도 숫자가 차근차근 불어나고 있었다.

"그럼 대처 방법은?"

"현재로써는 없습니다."

"없다고?"

"적의 전력은 강대하고, 본군은 한 차례 패배로 기세가 꺾인 상황입니다. 자칫 잘못 움직였다가는 윈스터 후작가에게 좋은 일만 하게 됩니다."

"윈스터 후작가도 있었지."

호시탐탐 뒤에서 기회를 노리는 윈스터 후작가의 존재감도 무시할 수 없는 노릇이었다.

미간을 구긴 케빈은 타개책을 고심했지만 뚜렷한 방법은 존재하지 않았다.

"그럼 지켜보는 수밖에 없겠군."

"영토를 잃은 것이 저들인 만큼 언제까지 웅크리고 있지는 않을 것입니다. 그들이 움직임을 보일 때, 본격적으로 대처를 하시면 됩니다."

"그러지."

이를 부드득 간 케빈은 고개를 끄덕였다.

로운 후작을 암살하는 데 실패한 카본 대공은 곧바로 황도로 귀환했다. 그리고 가장 먼저 만난 것은 히드로 2세가 아닌 하브리스 공작이었다.

은밀하게 방문한 카본 대공은 하브리스 공작에게 상황 진척도를 물었다.

"전수 작업은 어떻게 되어가고 있지?"

"이루어지고 있다. 모두 재능이 출중하고 충성이 검증되어 성취가 빠르지만 충성 검증이라는 작업이 생각보다 시간이 걸리는군."

"음, 근위기사단마저도 믿을 수 없다는 뜻인가."

"황도의 권력 구조가 복잡하게 얽혀 있으니까. 사라졌다고 해도 리그디스 공작이나 구 중앙 귀족들의 끈은 엄연히 존재한다."

그들의 충성은 의심할 것이 없으나, 정보는 꾸준히 귀족들에게 흘러 나가고 있었다. 하브리스 공작이 전수하려는 엘리멘탈 프로젝트란 힘은 그런 그들의 존재를 완전히 배제하고 이루어지고 있었다.

"하긴, 그럼 전수가 이루어진 근위기사들은 그 끈들도 없다는 뜻이로군."

"더 질긴 끈이 나타났으니까."

"흐흐, 그것도 그렇군."

"그나저나 갑자기 저택에는 무슨 일이지?"

"로운 후작령을 다녀왔다."

"……."

하브리스 공작이 표정을 굳히고 카본 대공의 다음 말을 기다렸다. 말을 하지 않아도 무슨 의도로 그곳에 갔는지 알 수 있었다.

결과는 묻지 않았다. 로운 후작이 어떠한 부상도 입었다는 소식이 전해지고 있지 않으니까.

"네 생각대로다. 그놈을 죽이는 데 실패했다, 제기랄!"

"온전한 정령력으로도 불가능하다는 건가?"

"그 녀석은 이미 인간이 아니더군."

그것 하나만으로 카본 대공의 심경이 모두 표현되어 있었다.

자존심이 하늘 높은 줄 모르고 치솟은 것이 카본 대공이 이렇게 표현할 정도라면 티엘의 실력은 이미 인간의 범주를 벗어났다고 봐야 했다.

"어느 정도이기에?"

"끝을 볼 수 없었다. 어느 정도의 힘을 지니고 있는지, 깨달음이 어느 수준인지 도저히 짐작을 할 수 없을 정도였다.

한 가지 분명한 건 흑마법과 관련이 없다는 것 정도로군? 굉장한 성과 아닌가? 흐흐."

"허허."

그렇게 강력한 힘을 지니고 거둔 성과가 고작 그것이라는 사실에 하브리스 공작은 허탈한 웃음을 흘렸다.

하지만 부인할 수 없는 사실이었다. 카본 대공의 웃음에 걸린 것은 진한 상실감이었으니까.

"힘의 활용에 익숙해지면 될 걸세."

"그랬으면 좋겠군, 지독한 악몽과도 같았으니까."

온전한 정령의 힘을 손에 넣었으나 아직 그것을 자유자재로 활용할 수 있는 단계가 아니었다.

하브리스 공작은 진심을 담아 말했지만 카본 대공의 입가에 맺힌 쓴웃음은 사라지지 않았다.

"그나저나 왜 황궁에 들리지 않는 겐가?"

"내 존재가 폐하께 누를 끼칠 수 있을 것 같았다. 개인적인 용무를 처리할 생각이기도 했고."

여기서 말하는 개인적인 용무는 로운 후작을 찾아가는 일이었다.

"그럼 황궁에 들릴 생각이 없는 겐가?"

"지금은 내 존재가 도움이 되지 않는다고 본다만."

"폐하께서는 그렇게 생각하시지 않는다네."

"그렇다면 좋겠지만 내 마음이 내키지 않는다."

자신의 존재가 황제의 앞길에 방해물이 된다면 그것 또한 복잡한 일이다. 로즈의 조언을 받아들인 내용이지만 이면에는 다른 생각도 깔려 있었다.

"무엇보다 내가 로운 후작을 어찌하지 못하는 이야기는 하지 않고 싶군."

"음."

부족함을 인정한다는 사실보다 정령의 힘을 손에 넣고도 로운 후작을 어찌할 수 없다는 사실이 히드로 2세에게 큰 상실감을 줄 수 있었다.

침음을 흘린 하브리스 공작은 고개를 끄덕였다.

"알겠네, 자네의 생각이 그러하다면 강권할 수는 없지."

"당분간은 저택에 틀어박혀 힘을 기를 생각이다. 내가 아직 부족하다는 걸 깨닫게 되었으니까."

"그동안 나는 폐하의 날개가 되어드릴 인재를 선별해야겠군."

"그러기 위한 복직이니까."

그의 농에 하브리스 공작이 피식 웃었다.

드루윙 백작령으로 향하기 전, 티엘은 클레디오 백작을 찾았다.

매일 수련 삼매경에 빠져 있는 그는 전마왕 슈크라인의 이름을 흥미롭게 들었다.

"전마왕이라……."

"아주 골치 아픈 녀석이다."

"마왕의 존재가 이렇게 흔하게 들릴 줄은 몰랐군."

"호시탐탐 중간계를 노리는 존재들이니까. 마계에 비하면 중간계는 낙원과도 같은 곳이라더군."

마계를 구성하는 어둠의 마나 또한 마나의 일부로써 척박한 대지에 자리하며 그 성질이 억세지고 음울함을 띠게 되었다.

그 힘을 바탕으로 하는 마족 또한 어둠의 마나에 영향을 받게 되었고, 지금의 인식이 심어지게 되었다.

그런 마족에게 있어 풍부한 중간계의 환경은 그야말로 지상 낙원과 다를 바 없었다.

무수히 많은 생명체가 살아가며, 그들이 발산하는 마이너스 에너지를 취하면 마계에 있을 때와 비교가 되지 않을 정도로 빠르게 힘을 증진시킬 수 있다.

"전마왕은 전쟁에서 일어나는 광기를 힘의 원천으로 하고 있다. 겉모습은 천족이 강림한 것처럼 보이지만 그 기질은 어떤 마왕보다 포악하지."

"그런 자를 상대해 보라는 건가?"

"무섭나?"

"그럴 리가 없지."

"무서워할 거라 생각하지도 않았다."

마왕의 존재를 앞에 두고 호승심을 불태우는 모습에 티엘은 피식 웃었다.

정신을 되찾고 드래곤 하트의 힘을 얻은 클레디오 백작은 자신의 힘이 어느 정도까지 성장했는지 알아보고 싶어 했다.

그걸 위한 상대로 마왕이라면 안성맞춤 그 자체였다.

"전마왕은 마왕 중에서도 뛰어난 축에 속하지. 방심하는 순간, 목숨을 잃게 될 것이다."

"그렇게 말하지 않아도 방심하지 않는다."

"그럼 기대하지."

"깨달음을 얻어 뛰어넘어 주도록 하지."

마왕의 존재에 호승심을 불태우지만 클레디오 백작의 시선 끝에는 티엘이 존재했다.

반드시 뛰어넘을 대상이며, 마음속으로 인정한 적수였다.

로웰린을 데려오고자 하는 티엘은 슈크라인이 남진할 것을 대비하여 클레디오 백작을 노이안 지방으로 파견하고자 했다. 그것이 현재 최선의 수단이며, 자신의 힘을 시험할 대상을 물색하던 클레디오 백작의 욕구를 충족시키는 일이기도 했다.

하지만 그것은 어디까지나 임시방편에 지나지 않았다.
그의 기세 끝에 자리한 것은 슈크라인이 아닌 바로 자신이었으니까.
솜털이 곤두설 정도로 날카로운 기세를 접하며 티엘은 피식 웃었다.
"기대하지."

드루윙 백작가로 향한 로웰린의 일상은 단순했다.
아침에 일어나면 얼마 전부터 가꾸기 시작한 정원을 돌본 뒤, 소수민족과 사막부족 아이들이 모인 아카데미로 향한다. 그리고 그곳에서 제국의 역사와 기초적인 행정학을 가르쳤다.
점심을 먹고, 아이들을 가르친 뒤 저녁 무렵이 되어서 집으로 돌아와 드루윙 백작과 식사를 한다.
매일이 반복되는 일상.
그 속에 뛰어든 로웰린은 마음의 평안을 얻었지만 반대로 채울 수 없는 허기짐이 점점 커져 가는 것을 느꼈다.
"로웰린."
"네."
"돌아가지 않을 생각이냐?"
"…모르겠어요. 마음은 돌아가야 한다고 말하고 있는데,

돌아가면 제가 어떻게 변할지, 어떤 행동을 해야 할지 머릿속이 복잡해요."

티엘의 아이를 낳은 크레티아와 임신한 카롤리나.

그 속에서 유일하게 임신하지 못한 자신.

로웰린은 둘 사이에서 사람 좋게 웃고 있을 여유가 없었다.

그녀를 빤히 바라보던 드루윙 백작은 고개를 끄덕였다.

"그럼 넌 지금 이것이 최선이라고 생각하는 것이냐?"

"적어도 지금은 이것이 옳다고 생각해요."

"그럼 됐다."

로운 후작가에서는 말이 나올 수 있지만 그 정도는 드루윙 백작의 선에서 막아줄 수 있었다.

그가 원하는 것은 로웰린의 행복이었지, 로운 후작가의 번영은 이 순위였다.

'경을 칠 수도 있겠지만.'

이기적인 생각이라는 것은 잘 알고 있다.

가문을 다시 일구게 된 것도 로운 후작가의 배려이며, 전폭적인 지원이 있어서 가능했다.

일각에서는 딸을 팔아 영광을 취했다고 비난을 하고 있지만 드루윙 백작은 떳떳했다.

하지만 가문을 세우고, 모든 일이 순탄하게 풀리니 욕심이 생기는 것은 어쩔 수 없었다.

좀 더 로웰린이 행복했으면 좋겠고, 로운 후작가에서 자신의 위치를 알아주었으면 하는 바람.

작은 것이지만 얼마나 큰 건지 잘 알고 있었다.

이것이 로운 후작가의 분노를 살 수 있고, 로웰린의 위치를 위태롭게 만들 수 있지만 드루윙 백작은 한번 모험을 걸어보기로 마음을 먹었다.

"나머지는 내게 맡겨라."

"죄송해요, 아버지."

"곧 소식이 올 테니 그때 이야기하도록 하지."

묵묵하게 식사를 하고 있지만 드루윙 백작의 손은 미세하게 떨리고 있었다.

마왕의 존재감은 무시무시했다.

슈크라인의 전폭적인 지원을 받은 헤셀 백작군은 전진에 전진을 거듭했고, 정면으로 맞선 레디븐 백작군과 윈스터 후작군은 속절없이 후퇴를 해야만 했다.

그 가운데 벌어진 두 번의 일전.

먼저 충돌한 것은 윈스터 후작가였다.

더 이상 물러날 수 없는 위치에 몰렸을 때, 그리퍼는 총공격을 명령했고, 십오만에 달하는 윈스터 후작군은 헤셀 백작군과 충돌했다.

그것은 사전에 기획된 것이었다.

양군이 충돌하기 무섭게 후방에 나타난 것은 기회를 엿보던 레디븐 백작군이었다.

이십만에 달하는 대군이 후방에서 기습을 하며 양측 군대가 헤셀 백작군을 위아래로 포위를 했다.

윈스터 후작군 십오만, 헤셀 백작군 이십만, 레디븐 백작군 이십만.

도합 오십오만 대군이 충돌한 것이다.

하지만 대결의 승리는 헤셀 백작군이었다.

지치지도, 두려워하지도 않는 불멸의 군대는 집요하고 처절하게 적을 물고 늘어졌고, 팽팽하던 균형추가 무너지면서 양측 군대가 대패를 하고 물러났다.

헤셀 백작군도 절반이 넘는 피해를 입었지만 두 배에 가까운 병사에게 포위되었음에도 보여준 무위에 기가 질리고 말았다.

이어진 것은 후퇴.

기가 질린 윈스터 후작가와 레디븐 백작가는 더 이상 헤셀 백작령을 넘보지 못했다.

그렇게 적을 무찌른 헤셀 백작가는 숨을 돌릴 틈도 없이 군을 정비했다.

팔이 하나 없어도 군에 복귀했고, 머리가 깨져도 임시로 치료한 뒤 속속 복귀했다.

그렇게 개편된 헤셀 백작군의 숫자는 물경 십오만.

연이은 전투에 지칠 법도 하였지만 그들은 발걸음을 다른 곳으로 옮겼다.

바로 얼마 전까지만 해도 헤셀 백작가의 지배 아래 있던 노이안 지방이었다.

노이안 지방은 마블론의 강력한 통제 아래 빠른 속도로 로운 후작가의 지배 체제를 적응해 나가고 있었다.

사방이 트이고, 교통이 발달하여 적의 공격에 노출되기 쉽고, 방어가 쉽지 않은 노이안 지방이지만 제국 내 손에 꼽히는 곡창지대인 만큼 추후 힘을 기르는 데 있어 큰 도움이 될 곳이었다.

군사부에서 노이안 지방의 중요성을 귀에 딱지가 앉을 정도로 들은 마블론이었기에 철저하게 약탈을 금하고 군율을 바로 세웠다.

그만큼 중히 여겼기에 지원군을 청한 것이기도 했다.

그윈이 이끄는 삼만의 지원군은 곳곳에 배치되어 큰 힘을 발휘했다.

하지만 얼마 지나지 않아 파견된 지원군은 그에게 있어서도 부담스러운 존재였다.

클레디오 백작.

그가 지원군으로 파견된 것이다.

처음에는 영문을 몰라하던 마블론은 이어지는 말에 황당한 표정을 감추지 못했다.

"흠! 마왕이라니."

"헤셀 백작이 연전연승을 하는 모습이 정상적이라 보는 건가?"

"그건 아닙니다. 확실히, 그 말씀이 맞는 것 같기도 합니다."

안 그래도 궁지에 몰린 헤셀 백작이 승리를 거두는 것을 의아하게 여기던 마블론이었다. 그래서 조사를 해봤지만 다른 것이 나오지 않아서 막바지에 몰린 이들이 발악을 하는 거라 보았다.

하지만 그 이면에는 다른 사실이 숨어 있었던 것이다.

"그럼 마왕을 상대하실 생각입니까?"

"그러기 위해서 온 것이다."

"하지만 마왕은……."

감히 인간이 상대할 수 없는 존재가 아니냐고 물으려던 마블론이 멈칫했다. 설사 상대가 마왕이라고 해도 그렇게 묻는 것은 실례였다.

"내가 마왕을 상대할 수 없는 것처럼 보이나?"

"상대가 인간이 아니기에 물어본 것입니다."

"이상하게 보이는 것도 무리가 아니겠지. 안 그래도 로운 후작은 노이안 지방으로 가면 너와 대련을 해보라고 하더군."

"가능하겠습니까?"

절대강자의 반열에 올라선 뒤, 마블론은 강함에 대한 갈증을 느끼고 있었다.

검의 끝이라 생각하던 경지는 첫 걸음의 시작이었고, 이어지면 이어질수록 갈 길은 멀게만 느껴지고 있었다.

그런 상황에서 클레디오 백작과의 대련이라면 큰 도움이 될 것이 분명했다.

"살아남을 수 있다면 도움이 되겠지."

"…그 말씀, 후회하게 해드릴 수 있습니다."

"과연 그럴까."

어느덧 두 절대강자가 발산하는 기세에 주변 공기가 들썩이고 있었다.

한동안 눈싸움을 벌이던 둘은 거의 동시에 자리에서 일어나 밖으로 나갔다.

그 뒤는 말을 하지 않아도 뻔했다. 한바탕 푸닥거리를 하려는 것이다.

그때까지 자리에는 한 사람이 자리하고 있었다.

그는 상황을 지켜보고 혹시 모를 경우에 대비하던 그윈이었다.

자칫 벌어질 수 있는 충돌에 대비하는 그였지만 방금 전 기세의 발산을 느끼며 자신이 얼마나 어리석은 생각을 하고 있는지 깨닫게 되었다.

'역시 이럴 때는 침묵이 최고지.'

절대강자의 사이에 껴 있으면 등 터지는 것은 자신뿐이었다.

최대한 조용히, 가늘게 가야 한다는 생각과 함께 그윈은 차를 마셨다.

저택으로 돌아온 카본 대공은 자리에 앉기 무섭게 찾아온 로즈를 보며 기이한 감각을 느꼈다. 그것은 감히 말로 표현하기 힘든 것이었다.

"오셨어요?"

"그래."

"고생하셨어요."

로즈의 말을 들은 카본 대공이 멈칫했다. 그녀를 바라보았지만 아무런 표정도 드러나지 않아서 무슨 생각을 하고 있는지 알 수 없었다.

"무슨 말을 하는 게냐?"

"어떤 것이든 제국을 위해 일하시는 거잖아요? 그걸 말한 거예요."

"그렇구나."

로운 후작가를 다녀온 뒤 많이 변한 로즈를 볼 때면 아직도 적응이 잘 되지 않는 카본 대공이었다.

머릿속이 복잡해지는 걸 느낀 그는 가볍게 손을 저었다.

"이야기는 내일 하자꾸나. 여독이 쌓여서 오늘은 쉬고 싶은데."

"실은 부탁드릴 것이 있어 찾아왔어요."

"내일 말하면 안 되는 것이냐?"

"그렇게 말씀하시면 내일 찾아올게요. 푹 쉬세요."

"아니다, 갑자기 궁금해지는구나."

조용히 고개를 숙여 보이는 모습에 카본 대공은 심상치 않음을 느끼고 로즈를 맞은편에 앉도록 자리를 권했다.

"내게 하고 싶은 말이 무엇이냐?"

"아버지가 익힌 힘을 저도 전수받고 싶어요."

"내가 전수받은 힘? 마나 연공법이라면 익히기에는 늦은 나이다."

로즈는 조용히 고개를 절레절레 저었다. 그녀가 무슨 생각을 하는지 알 수 없어 의아한 표정을 짓던 차에 이어진 말을 듣고 표정을 굳혔다.

“제가 익히고 싶은 건 엘리멘탈 프로젝트의 정령의 힘이에요.”

“…네가 그걸 어떻게 안 것이냐?”

카본 대공의 표정이 딱딱하게 굳었다. 설마 이 자리에서 엘리멘탈 프로젝트의 이름이 언급될 줄은 예상치 못했던 것이다.

“아버지가 제국의 숨겨진 검이라는 사실도 말을 해야 하나요?”

“다 알고 있군.”

“적어도 아버지가 비밀을 지키는데 탁월한 실력을 지니시지 못한 건 분명해요.”

“그래, 네 말을 다 인정하마. 어차피 내가 전면으로 나선 이상 제국의 숨은 검이라는 사실을 숨길 수 없었을 테니. 하지만 엘리멘탈 프로젝트의 유무를 알고 있는 것은 보통 사안이 아니다.”

눈을 가늘게 뜨면서 로즈를 노려보는 카본 대공이었다. 강렬한 압박이 실린 시선은 그 누구라도 힘겨울 수밖에 없을 터였다.

“설마 딸인 저를 죽이시려는 건 아니죠?”

“죽일 수는 없다. 하지만 상황에 따라서 제재를 가하는 건 가능하겠지.”

"그런 말씀, 무서워요."

"그러니 말해라. 어디서 엘리멘탈 프로젝트의 존재를 알게 되었는지."

"실은 아버지의 서재를 정리하다가 보게 되었어요. 죄송해요."

"서재를 정리하다가 봤다고? 크흠! 그럼 내 불찰도 있구나."

온전히 로즈의 잘못이 아닌 자신의 실수도 있다는 사실에 카본 대공의 펴졌다.

"엘리멘탈 프로젝트에 대해서 어디까지 알고 있느냐?"

"정령의 힘을 이용하는 것 정도? 그 힘이 일반 마나보다 강력하다는 걸로 알고 있어요."

"잘 알고 있구나. 엘리멘탈 프로젝트는 과거 한 시대를 풍미한 비기로 지금 이 시대에 펴지게 되면 파급력이 굉장히 크다."

"그렇겠죠."

"그걸 네게 전수해 달라는 것은 제국의 숨은 검으로써 역할을 하겠다는 의미다."

어릴 때부터 체계적인 수련을 거치지 않은 로즈는 강해지는데 한계가 존재할 터였다. 그럼에도 황실을 언급하는 것은 그 그늘에 벗어나지 말라는 의미가 섞여 있었다.

"그러고 싶지는 않아요."

"로즈!"

"그 규율은 아버지가 제국의 혼란을 조기에 수습하지 못했을 때 깨졌다고 봐요."

"……."

정곡을 찌르는 한마디에 카본 대공은 입을 다물고 말았다. 날카로운 눈으로 그녀를 노려보았지만 로즈의 얼굴은 차분하기만 했다.

"제가 엘리멘탈 프로젝트의 힘을 원하는 건 보다 강한 힘을 갖고 싶은 욕심 때문이에요. 아버지가 원하지 않으시면 욕심을 접겠어요."

"너는 내게 항상 어려운 선택을 강요하는구나. 로운 후작가로 향하는 것도, 정령의 힘을 전하는 것도."

"모두 제가 감당해야 하는 운명이라고 생각해요."

"알았다. 지금 당장 결정하기에는 사안이 가볍지 않구나. 좀 더 내게 생각할 시간을 다오."

현재 카본 대공이 할 수 있는 것은 그것이 최선이었다. 로즈도 그의 고민이 지닌 무게를 알고 있었기에 순순히 고개를 끄덕였다.

"네, 알겠어요. 일주일 후에 다시 찾아올게요. 어떤 결정을 내리셔도 원망하지 않으니 한번 진지하게 고민해 주세요."

"알았다."

축객령이 담긴 손짓에 로즈는 자리에서 일어나 고개를 숙인 뒤 방을 벗어났다.

단호하게 빛나던 눈빛을 떠올리며 카본 대공이 인상을 찌푸렸다.

"골치 아프게 되었군."

제3장
특이한 국면

대승을 거둔 헤셀 백작의 얼굴은 잔뜩 상기되어 있었다. 마왕의 힘을 귀가 따갑게 들어왔지만 직접 실감하게 되자 든든한 우군으로 여겨졌다.

"귀찮은 정리가 끝났군."

"이제 시작일 뿐이다."

"시작이지, 잃어버린 영토를 되찾아야 하니."

노이안 지방을 되찾는다면 과거의 영광을 재현하는 것은 어렵지 않았다. 헤셀 백작은 야망에 불타는 표정으로 슈크라인을 바라보았다.

하지만 그는 오히려 피식 웃으면서 타박했다.

"고작 그것이 시작이라 생각하지 마라."

"더 큰 목표가 있나?"

"전 제국을 네 손 아래 떨어지게 만들어주겠다."

"……!"

슈크라인의 선언에 헤셀 백작은 깜짝 놀란 표정을 지었다가 이내 빠르게 수습했다. 이전이라면 그 말을 듣고 헛소리로 치부할 테지만 지금은 충분히 현실로 가능하다는 걸 알고 있기 때문이다.

제국을 손에 넣기 위해서는 수많은 난관을 넘어야 한다. 황제를 손에 쥔 레디븐 백작은 물론, 북부의 패자인 윈스터 후작가를 꺾어야 했다. 뿐만 아니라 남부의 실력자인 로운 후작가와 위클린 공작가도 꺾어야 비로소 제국을 손에 넣었다고 할 수 있다.

꿈같은 일이고, 실현하기 어려운 일이라고 생각되었다.

하지만 슈크라인과 함께라면 불가능하다고 생각되지 않았다.

"제국통일이라, 그것이 현실로 가능할 거라 보지 않았는데."

"인간의 힘으로는 불가능하지. 하지만 내 힘으로는 가능하다."

마왕인 그의 힘은 불사의 군대를 만들어낸 것만으로도 충분했다. 하지만 노이안 지방을 점거하고 있는 이들은 일반 상식으로 재단할 수 없는 존재다.

"하지만 이번에는 번거롭다."

"호오, 번거롭다고?"

"우리 인간들이 절대강자라 부르는 강자들이 있는 곳이지. 여태까지 상대했던 녀석들과 같은 수준이라 생각하면 곤란하다."

"절대강자라? 그랜드 마스터라도 된단 말인가. 재미있군, 절대강자가 등장할 줄은 몰랐는데."

입꼬리를 말아 올리는 그 모습은 섬뜩함 그 자체였다. 헤셀 백작조차 할 말을 잊은 채 멍한 시선으로 그를 바라볼 정도였다.

"그 문제는 내가 해결하도록 하지."

"방안이 있나?"

"직접 나서면 확실한 방법이지만, 그 정도로는 성에 차지 않을 것 같군."

인간 세상에 강림하면 강자라 불리는 이들은 높은 자존심을 세우면서 가장 늦게 나타나고는 했다.

그럴 때마다 슈크라인은 그들의 자존심을 철저하게 짓밟고는 했다.

강하다고 해도 결국 인간은 인간.

그 범주 내에서 으스대고, 자존감을 쌓은 것이 전부였다.

위대한 마왕과 비교하면 그들은 땅굴을 파고 부지런히 움직이는 개미에 지나지 않았다.

"그까짓 자존심을 무너뜨리는 재미는 각별하지."

"……."

그의 미소를 보며 헤셀 백작은 전신에 소름이 오싹 돋는 것을 느꼈다.

성 위에 선 로웰린은 광활하게 펼쳐진 평야를 하염없이 바라보았다. 간간이 바람이 불 때면 가득 뒤덮인 밀이 이리저리 흔들렸다.

짓궂은 바람은 때때로 그녀의 머리를 헝클어뜨렸지만 개의치 않은 채 생각에 잠겼다.

"이게 옳은 걸까."

무엇이 옳은 것인지 몰랐다. 단지 지금의 상황이 초래하게 된 것은 자신의 욕심이 큰 비중을 차지한다는 것만 알고 있을 뿐.

처음에는 곁에 있고 싶었다. 곁에 서서 함께 있고자 했고, 그럴 수 있다는 현실 하나만으로 만족할 수 있었다.

그리고 그의 진가를 알아보는 여인들이 하나둘씩 나타나

기 시작했고, 곁에 있게 될 즈음에는 혼자가 아닌 여러 명과 함께 있어야 했다.

불만은 없었다.

자신이 가장 바라던 일이었고, 다른 여인들이 함께 있더라도 만족했으니까.

하지만 사람의 욕심은 점점 더 커져만 갔고, 크레티아가 임신했을 때 처음으로 질투의 감정을 느끼게 되었다.

아무리 친한 사이였어도 감정은 마음대로 컨트롤 되는 것이 아니었다.

그리고 출산.

아들이었다.

하늘이 무너질 것 같은 충격을 받았지만 이를 악물고 의연하게 견뎌내려고 했다.

그렇다고 티엘이 자신에게 애정을 주지 않은 것도 아니었다. 오히려 실의에 빠졌을까 싶어 더 아껴주고 보듬어주었다.

그 배려에 기대를 충족시키지 못한 것이 자신이었을 뿐이다.

그러던 차에 전해진 카롤리나의 임신 소식은 로웰린의 정신을 무너뜨렸다.

명문가의 안주인이 되어 임신을 하지 못한다는 것은 그 가치를 해내지 못한다는 걸 의미했고, 의식하지 않으려고 해도 주변에서 쏟아지는 시선이 모두 자신을 비난하고 얕잡아 보는 것처럼 느껴졌다.

실제로 그러지 않았음에도 그렇게 느껴진 것은 자격지심이라는 걸 잘 알고 있다.

"내가 못난 탓이야."

자조 섞인 중얼거림과 함께 로웰린은 씁쓸하게 웃었다. 결국 모든 일은 자신이 부족해서였고, 주변을 보는 시야가 좁아서 벌어진 일이었다.

"이젠 어떻게 하지?"

가문으로 돌아가는 것도, 티엘을 다시 볼 용기도 생겨나지 않았다.

그저 할 수 있는 것이라고는 이곳에서 멍하니 세상 돌아가는 소식을 듣는 것뿐.

그런 로웰린의 시선 끝에 한 사람이 모습을 드러냈다. 느릿하게 걸어오는 모습을 보면서 이상하게도 시선을 뗄 수 없었다.

마치 뭐에 홀린 것처럼 멍하니 있던 그녀의 귓가로 한 줄기 목소리가 파고들었다.

"오랜만이군."

먼 거리임에도 마치 옆에서 속삭이는 듯한 목소리.

처음에는 누구인지 알지 못했던 로웰린의 눈이 이내 커지기 시작했다.

"아……!"

파앗!

가볍게 땅을 박찬 그의 신형이 단숨에 성위로 향했다. 인간의 것이라 믿기지 않는 도약력에 그녀는 멍한 표정을 지어야만 했다.

"날 본 게 이상한가 보군."

"어, 어떻게 이곳에……."

"집 나간 부인을 찾으러 왔다."

드루윙 백작령을 방문한 것은 바로 티엘이었다.

티엘을 방으로 안내한 로웰린은 차를 끓여 그의 앞에 내놓았다.

망설이지 않고 찻잔을 든 그는 한 모금 마시며 고개를 끄덕였다.

"여전한 맛이군."

"직접 오실 줄 몰랐어요."

"말했잖나. 집 나간 부인을 찾으러 왔다고."

"……."

담담한 그의 말에 로웰린은 입을 다문 채 고개를 숙였다. 하고 싶은 말이 머릿속을 맴돌고 있었지만 쉽사리 입이 떼어지지 않았다.

지금 그를 향한 그녀의 마음은?

고마움과 함께 뭔지 모를 원망이 섞여 있었다.

그의 잘못이 없다는 걸 알고 있음에도 이런 감정을 느낀다는 것 자체가 그녀로 하여금 쓴웃음을 짓게 만들었다.

"갈 생각이 없나?"

"저도 돌아가고 싶었어요. 다만……."

"임신한 카롤리나에게 미안한 건가?"

"…네."

도망치듯 가문을 나섰기에 차마 그들을 볼 면목이 없었다. 모든 것이 자기 스스로 느낀 질투였고, 이런 상황을 초래했다는 것만으로도 참을 수 없는 부끄러움이 느껴졌다.

"나는 네가 어떤 감정을 느끼는지 정확하게 모른다. 알고 있는 부분이라면 상대적인 박탈감이 크다는 것 정도겠지."

크레티아도 아이를 낳았고, 카롤리나도 임신을 했다. 나이가 가장 많은 로웰린은 임신을 하지 못했으니 그녀가 자책하는 것도 이상한 일이 아니었다.

"하지만 네 행동이 잘못된 부분은 있다. 가문을 떠나 쉬고 싶다고 했으면 그만한 책임이 동반되는 법이지."

"…면목이 없어요."

"잘못을 인정하는 것도 용기가 필요하다. 그 부분에서 나는 네가 인정할 부분은 인정해 줬으면 좋겠다.”

“…….”

“섭섭한 건 내게 말해라. 모든 것은 내가 감내해야 할 사실이니.”

“후작님은 잘못이 없어요! 모든 건 제가…….”

목소리를 높이던 로웰린은 고개를 젓는 티엘을 보며 입을 다물었다.

그녀를 직시한 그가 말했다.

“부부 관계는 일방통행이 아니라고 하더군. 내 잘못이 무엇인지 정확하게 알지 못하지만 네가 섭섭함을 느끼고 힘들었다면 나도 책임을 회피할 수 없다. 적어도 나는 그렇게 생각하고 있지.”

“죄송해요. 제가 못나서, 정말 죄송해요.”

기쁜 감정이 마음속을 가득 채워 나가는 기분이었다. 티엘이 이렇게 자신을 보듬어줄 거라고는 생각지도 못했는데, 자신을 위해 이곳까지 와주고 이렇게 따뜻한 위로를 해준다는 사실이 깊은 감동을 이끌어냈다.

가늘게 몸을 떨고 있는 그녀에게 다가가 어깨를 토닥여 주었다. 쓰러지듯 티엘의 품에 안긴 로웰린은 눈물을 펑펑 흘리며 그동안 쌓아놓았던 서러움을 녹여내고 있었다.

한참 동안 로웰린을 달래준 티엘은 드루윙 백작과 만남을 가졌다.

마주 앉아 차 한 잔을 마시면서 티엘이 먼저 입을 열었다.

"로웰린의 일은 사과하지."

"아버지 입장에서 걱정되는 것은 어쩔 수 없습니다. 좀 더 딸에게 신경을 써주셨으면 합니다."

"그러지."

사적으로 장인과 사위의 관계였지만 공적으로 볼 때 둘은 한 지방의 맹주와 봉신이었다. 드루윙 백작은 이렇게 대하는 것이 더 편하게 여겼고, 티엘 또한 이 모습이 더 자연스러웠다.

"로웰린은 어찌하실 생각입니까?"

"데려가야지."

"알겠습니다."

더 많은 말은 필요하지 않았다. 티엘과 같은 인물이 하는 한마디의 무게는 다른 사람과 비교할 바가 되지 않으니까. 단지 바라는 점이 있다면 좀 더 로웰린을 챙겨주는 것뿐이다.

"남부 정세는 어떻지?"

"좋지도 않고 나쁘지도 않습니다."

"의미는?"

"소수민족과 사막 부족을 통합하는 수준에 다다랐지만 남쪽의 정세가 심상치 않습니다. 요즘 들어 용병의 움직임이 활발합니다."

남쪽에는 용병왕이자 절대강자인 카젤 국왕이 있는 곳이다. 용병들을 규합하여 왕국을 세운 그는 절대적인 권력을 움켜쥐고 휘둘렀지만 티엘에게 패함으로써 그 영향력이 축소되었다.

그것이 용병들의 동요를 이끌어냈을 것이다. 잠시 생각에 잠겨 있던 티엘이 물었다.

"그들이 끼칠 수 있는 영향은?"

"아직은 미미하지만 카젤 국왕의 영향력에서 이탈하고 있습니다. 조치를 취하지 않으면 대규모로 북상할 가능성이 높습니다."

단체전에서 약점을 보이지만 개개인의 힘은 뛰어났다. 그런 용병들이 대거 북상하게 되면 드루윙 백작으로서는 부담감이 늘어날 수밖에 없다.

당장 소수민족과 사막 부족을 관리하는 데 인력난을 겪어 국경을 넘나드는 용병들을 막는데 큰 부담을 느끼고 있었다.

"북상이라, 우리에게 이득되는 방향은 카젤 국왕이란 녀석이 힘을 찾는 것이군."

"예, 다시 권력을 움켜쥐면 용병들이 오는 일은 없을 것입니다."

"절대강자의 꼴이 우습게 되었군."

"주군께 패하면서 부상을 입은 것을 회복하지 못하고 있다는 말이 있습니다."

"한번 자세히 알아보도록. 활용할 수 있다면 써먹도록 하지."

"예."

용병들이 준동하는 것 외에는 별다른 문제가 없었다. 문화가 다르고, 성향이 달라 소수민족과 사막 부족이 종종 충돌을 일으키는 것은 아주 사소한 문제에 지나지 않았다.

그러한 갈등 조율을 잘해내는 드루윙 백작이었고, 로운 후작가 차원에서 대대적인 지원이 이어지기에 잡음은 빠른 속도로 사라질 것이다.

중요한 사안을 모두 털어놓은 드루윙 백작이 고개를 숙였다.

"로웰린을 잘 부탁드립니다."

"노력하지."

헤셀 백작이 이끄는 이십만의 대군은 빠른 속도로 남진을 하기 시작했다.

그들의 목표는 명백했다.

노이안 지방의 수복.

제국 최고의 곡창 지대를 수복하기 위해 사활을 걸고 있는 것이다.

이에 따라 마블론도 군을 집결시키면서 철저하게 방어 태세를 갖추기 시작했다.

현재 노이안 지방에 주둔하고 있는 군의 숫자는 팔만에 달했다. 하지만 곳곳을 지키고 있기에 실제로 동원할 수 있는 군대는 오만에 불과했다.

오만 대 이십만.

현격한 전력 차이가 존재하지만 절대강자인 마블론이 있었다.

무엇보다 오만의 군을 이끌고 집결한 곳은 노이안 지방이 아닌 세이주 지방에 존재하는 노이벨류 강이었다.

강폭이 넓은 이곳은 길게 이어져서 노이안 지방에 흘러 헤인조 지방까지 이어지는 강이었다.

마블론이 이곳을 전장으로 선택한 이유는 간단했다.

바로 강폭을 이용하여 효율적인 방어가 가능하기 때문이다.

윈스터 후작가도, 레디븐 백작가도 잘 훈련된 군대를 이끌었지만 헤셀 백작군의 공세에 무너지고 말았다.

그 원인은 두려움을 모르는 그들의 무시무시한 공세 때문이었다.

이것이 마왕과 연계되어 있다는 말을 전해 들은 마블론은 마왕이 등장하기 전 효율적으로 적을 상대하기 위해 강을 앞에 두고 맞서기로 결심하고 그때부터 차근차근 준비를 해나갔다.

"준비는?"

"차질 없습니다."

"다행이군."

그윈의 대답을 들은 마블론이 만족한 미소를 지었다. 그 모습을 보며 그윈이 조심스럽게 물었다.

"어렵지 않겠습니까?"

"물론 어렵겠지. 하지만 이곳에서 사활을 걸 생각이 없다는 걸 알지 않나."

"하긴, 그건 그렇지요."

"이곳에서 최대한 시간을 끌기만 하면 된다. 마왕이 등장하게 되면 후퇴할 테니."

"마왕과 겨루기에는 주변이 거추장스럽기는 하지."

"……."

불쑥 끼어든 클레디오 백작을 보며 마블론이 불편한 듯 눈살을 찌푸렸지만 겉으로 드러내지는 않았다. 지금 상황에서 마왕이 등장하게 되면 클레디오 백작이 나서줘야 했다.

"백작님의 역할은 마왕이 등장할 때 시작됩니다."

"알고 있다. 로운 후작도 날 그 용도로 원해서 이곳으로 보냈으니까."

"상대는 마왕인데 괜찮겠습니까?"

"어려워 보이나?"

"저는 백작님이 마왕을 감당할 수 있을 거라 보지 않습니다."

"주제 넘는 말이로군."

표정을 찌푸린 클레디오 백작에게서 강렬한 기세가 발산되었다. 드래곤 피어까지 섞인 기세에 그윈의 표정이 창백하게 질렸지만 그는 담담함을 유지했다.

"인간이 마왕을 당해낸다는 것 자체가 있을 수 없는 일입니다."

"그럼 네 주군인 로운 후작도 당해낼 수 없다는 뜻이로군."

비웃음 섞인 중얼거림에 마블론의 표정이 일그러졌다. 누구보다 강하다고 여겨지는 것이 티엘이었고, 절대 질 거라 생각하지 않았다. 하지만 마족의 왕인 마왕이 인간에게 패하는 것은 이야기책에서나 나올 법한 이야기였다.

"…주군도 어려울 거라 생각합니다."

"고메즈 백작님!"

"아무리 인간이 강하다고 해도 상대가 마왕이라면 어렵다고 생각한다. 사실 나는 헤셀 백작이 흑마법을 부렸으면 부렸지, 마왕이 개입했다고 믿지 않아."

현장에서 정보를 접하는 자신과 헤인조 지방에 틀어박혀 있는 티엘과 차이는 분명 존재할 것이다. 불패의 군대를 보유하게 된 헤셀 백작군의 기세는 무섭지만 그걸 토대로 마왕이 강림했다는 사실은 믿기 힘들었다.

"내 말이 무례하다는 건 알고 있다. 하지만 현장에서 본 것 중 확신하기에는 부족한 점이 많아."

"하지만 주군의 말씀입니다."

"그러니 혼란스럽다는 것이다. 주군의 명이 아니었으면 내가 강하게 주장했겠지."

쓴웃음을 짓는 모습에 그윈은 작게 고개를 끄덕여 대답을 대신했다. 만약 자신이 사령관이었다면 뜬금없는 티엘의 결정에 이의를 제기했을 것이다.

"지켜보면 알겠지."

팔짱을 끼고 비스듬히 걸터앉아 있던 클레디오 백작이 조소를 띠며 말했다.

모든 것은 헤셀 백작군과 충돌하면 밝혀지게 될 것이다.

헤셀 백작군의 거침없는 진군은 노이벨류 강에 도착하고 나서야 멈춰 섰다.

이십만 대군을 가로막기 위해 나선 숫자가 불과 오만에 불과하다는 소식을 들은 헤셀 백작의 입에 진한 비웃음이 걸렸다.

"오만으로 상대하겠다고?"

마음 같아서는 당장 공격 명령을 내려서 쓸어버리고 싶었다. 이미 윈스터, 레디븐 가문의 삼십만이 넘는 연합군을 상대하고도 승리를 거둔 헤셀 백작이었기에 오만에 불과한 로운 후작군은 별것 아니게 느껴졌다.

"쉽지 않을 텐데?"

"뭐라?"

"보아하니 철저하게 방어를 준비해 놓은 것 같더군. 공격할 때와 방어할 때의 입장은 판이하게 다르지. 승리를 거두겠지만 여러 가지로 손해를 보게 될 것이다."

슈크라인의 말에 헤셀 백작의 표정이 찌푸려졌다. 자신이 기대했던 것과 정반대의 말을 들은 것이다. 한껏 기분 나쁜 표정을 지은 그가 으르렁거렸다.

"내가 손해를 본다고?"

"믿기 어렵다면 더 말하지 않지."

그러면서 어깨를 으쓱하는 모습에 헤셀 백작은 이를 부득 갈았다.

이 모든 힘을 준 것은 슈크라인이고, 전마왕이라 불릴 만큼 전쟁에 통달한 존재였다. 그의 말을 쉬이 넘길 수 없기에 다시 한 번 물었다.

"왜 어렵지?"

"우선 강이 제법 폭이 넓더군. 건너려면 몸의 반 이상이 잠겨서 이동할 텐데 그 호기를 적이 놓칠 리가 없겠지. 강을 건너느라 힘을 잔뜩 소모하면 두려움을 잊었더라도 제 전력을 발휘할 수 없다."

"강만 건너면 상관없잖나."

"적은 처음부터 그걸 노리고 준비해 왔다. 건너려면 거센 저항을 맞이해야겠지."

"으음. 방안은 없나?"

절망적인 상황을 타개하고 영광을 위해 일 보 내딛은 상황이었다. 헤셀 백작은 노이안 지방을 수복하고 제국 통일을 이뤄 자신의 이름이 영원토록 전해지길 원했다.

"내가 나선다면 가능하겠지만 그럴 가치가 있는지 모르겠군."

"……."

"내게 능력을 보이도록. 그럼 그때 도와줄지 여부를 결정하도록 하지."

그 말을 끝으로 슈크라인의 몸이 흐릿해지면서 허공에 흩어졌다. 홀로 남은 헤셀 백작은 한껏 표정을 구긴 채 주먹으로 탁자를 내리쳤다.
쾅!
"오만한 놈! 반드시 내 능력을 보여주도록 하지."
이를 바득 간 그의 두 눈이 형형한 빛을 발하고 있었다.

헤셀 백작의 진두지휘 아래 도열하는 이십만 대군이 강을 건너기 위해 준비하는 모습은 그야 말로 해일을 방불케 했다.
마블론이 이끄는 병사들은 강 건너에 서 있는 헤셀 백작군을 보며 불안한 표정을 감추지 못했다.
무려 이십만.
고작 오만에 불과한 자신들의 네 배에 달하는 숫자는 전투를 벌이기 전 두려움을 심어주기에 부족함이 없었다.
"오는군."
전마왕의 힘을 부여받은 것으로 추정되는 헤셀 백작군의 위세는 무서웠다.
강군으로 소문난 윈스터 후작군과 레디븐 백작군도 그들에게 격파당하지 않았던가.
그것만으로도 그 강함이 증명된 것이나 다를 바 없었다.
"지형을 이용하면 충분히 막을 수 있다."
마왕의 존재가 사실인지 여부는 아직 모른다.
주군인 티엘이 그렇게 말을 한 이상 사실일 확률이 높지만 마왕이 전면에 나서지 않는 이상, 헤셀 백작군을 막는 데 모든 힘을 기울일 생각이었다.

"힘들면 얼마든지 말하도록, 한 손 거들어줄 수 있으니."

적의 공격 소식에 막사를 나서던 순간, 클레디오 백작이 했던 말이다.

오만하기 그지없는 그의 태도를 떠올린 마블론의 표정이 저절로 구겨졌다.

마왕이 등장하기 전까지 절대 그의 도움을 요청할 상황이 닥치지 않도록 최선을 다할 것이다.

점차 동요가 번져가는 것을 보며 마블론이 입을 열었다.

"모두 진정하도록."

"……."

귓가에 울려 퍼지는 목소리에 병사들의 시선이 마블론에게 향했다.

그 속에 담긴 것은 긴장, 두려움, 분노 등 다양한 마이너스 감정이 뒤섞여 있었다.

전투가 벌어지기 전 으레 느끼는 감정이지만 오늘따라 그 강도가 심했다.

바로 앞에 존재하는 적들의 존재 때문이리라.

"적의 숫자는 분명 우리보다 많다. 우리는 오만, 적은 이십만이 넘는 대군. 네 배의 숫자 차이가 존재하는 만큼 객관적으로 승산은 낮아 보이지."

"……."

"하지만 그것은 전쟁을 숫자로 비교하는 어리석은 녀석들의 생각일 뿐이다. 오만 대 이십만? 그 차이는 크지만 우리는 여태껏 숫자가 더 많은 상대를 어렵지 않게 격파했다. 그것이 가능한 이유는 언제나 지지 않는 전투를 해왔기 때문이다."

사기를 떨어뜨리고자 한 말이 아니었다.

승리할 수 있다는 확신.

마블론의 말은 병사들에게 용기를 불어넣어 주고, 적이 위협적이지 않다는 걸 전하기 위함이다.

"적은 이십만이지만 우리에게는 강이 존재한다. 두터운 갑옷을 입고, 무기를 든 채 강을 건너는 병사가 너희에게 얼마나 위협적일까? 차라리 움직이는 과녁이라고 생각하면 편하지 않겠나."

…하하하!

한쪽에서 병사들의 웃음소리가 울려 퍼졌다. 노이벨류 강이란 장벽이 존재하는 한 적들이 강을 건너기 전까지 움직이는 과녁에 불과했다.

"적이 과녁을 자처했으니 신 나게 조준 사격을 하도록. 강을 건너면 물에 불어터질 테니 친절하게 쓰러뜨려 주면 된다."

병사들의 기질이 바뀌었다.

처음에는 숫자에 압도된 모습을 보였지만 지금은 상황을 똑바로 직시하게 되었다.

강을 건널 때까지 적은 이렇다 할 대응을 못하는 존재에 불과하고, 강을 건넌 다음에도 이렇다 할 진영도 갖추지 못한 채 물을 잔뜩 먹어 무거운 몸으로 전투에 임해야 한다.

이러한 불안요소를 가지고 전투에 임하는 데 쓰러뜨리지 못하면 그것은 전투할 자격이 없음을 의미한다.

"오늘 상대하는 적은 악마의 군대가 아니라 허수아비들이다! 용맹한 헤인즈 지방의 용사들이여! 나를 따라 승리를 쟁취할 준비가 되어 있는가?"

"있습니다!"

어딘가에서 터져 나온 한 명사의 외침.

그것은 전염병처럼 퍼져 나가 병사들의 전의를 일깨우기 시작했다.

"해내겠습니다!"

"우리는 승리한다!"

"승리한다!"

와아아아!

진영 전체에 퍼져 나간 함성은 주변을 뒤덮어 나갔다. 마치 산사태가 난 것처럼 우렁찬 함성 소리를 들으며 마블론의 입가에 미소가 걸렸다.

"이제 싸울 준비가 되었군."

네 배의 숫자 차이가 존재하지만 절대 질 생각이 없는 그였다.

"모두 진군을 시작하라."

헤셀 백작의 외침과 함께 이십만 대군이 일제히 노이벨류 강을 향해 움직였다.

전마왕 슈크라인의 힘을 받아 두려움을 잊은 헤셀 백작의 군대는 그야말로 불사의 군대!

동료가 옆에서 죽어나가도 태연히 창을 휘두르는 그들의 존재감이 노이벨류 강을 가득 뒤덮기 시작했다.

두려움에 멈칫할 법 함에도 꿋꿋이 앞으로 진군하는 병사들을 보며 마블론이 눈을 빛냈다.

"조작이 있는 건 확실하군."

병사들 앞에서는 쉽게 상대할 수 있을 것처럼 호언했지만 마블론은 적의 병사들을 얕보지 않았다.

아니, 오히려 누구보다 그들의 존재감을 크게 평가하고 있었다.

그 이유는 간단했다. 강병인 윈스터 후작가와 레디븐 백작가가 협공을 가했음에도 철저하게 무너질 수밖에 없었던 저력을 실감한 것이다.

그래서 가장 먼저 전투가 벌어지는 장소를 강으로 정해놓았다.

제아무리 두려움을 잊은 군대라 하더라도 육체적인 한계는 존재할 수밖에 없으니까.

이십만에 달하는 병사들이 강으로 진입을 시작하자, 폭 넓은 노이벨류 강은 순식간에 사람으로 가득 차서 새까맣게 뒤덮이기 시작했다.

보는 것만으로 두려움에 휩싸이게 만들 장면이었지만 마블론은 입을 꾹 다물고 아무런 말도 하지 않았다.

"……."

적의 진군을 바라보기만 하는 병사들의 마음은 새까맣게 타들어가고 있었다.

네 배에 달하는 적은 조금씩 진군을 하고 있는데 마블론은 왜 명령을 내리지 않는단 말인가.

조급함에 몸이 들썩일 무렵, 꿈쩍도 않던 마블론이 손을 들며 힘차게 외쳤다.

"모두 화살을 쏴라!"

"화살을 쏴라!"

곳곳에서 장교들의 외침이 터져 나오고, 명령을 받기 무섭게 궁병들은 화살을 쏘기 시작했다.

피빙! 피비비비빙!

하늘을 가득 채우는 수만 개의 화살!

멀리 쏘기 위해 높은 곳을 조준하고 쏘았지만 그 위력은 결코 가볍지 않았다.

대개의 경우 가장 앞에 서 있는 병사들을 노리세 마련이지만 명령을 받은 궁병들은 진군하는 적의 허리를 단숨에 공략했다.

수만 개의 화살이 끝없이 쏘아지는 광경은 하나의 장관이었다.

하지만 더 가관인 것은 따로 있었다.

퍼벅! 퍼버벅!

화살에 명중되어 병사들이 픽픽 쓰러지고 있었지만 전진하는 헤셀 백작군에게서 동요란 감정은 존재하지 않았다.

그것은 보는 이로 하여금 기가 질리게 만들기 충분했지만, 그와 별개로 그들의 손은 끊임없이 움직이며 화살을 쏘고 있었다.

오늘을 위해 마블론은 화살을 비축하고 또 비축했다. 그렇게 쌓아놓은 화살은 개개인이 백여 개에 달할 정도로 많았고, 장교들의 추가적인 명령이 없어도 이를 악물고 화살을 쏘아댔다.

그 광경을 지켜보는 헤셀 백작의 표정은 참혹하게 일그러졌다. 중간 대열부터 끊어놓은 마블론의 계책으로 인해 이십만 대군이 효과적으로 강을 건너지 못하고 있는 것이다.

"제길, 제기랄!"

제아무리 두려움을 잊은 군대라 해도 엄연히 생명이 있는 존재다. 고통을 느끼지 않고, 공포를 잊었어도 생명이 끊어지면 더 이상 창을 휘두르는 것이 불가능한 건 당연한 일이다. 그런 만큼 마블론의 대응은 헤셀 백작의 간담을 서늘하게 만들었다.

무엇보다 끝없이 쏘아지는 화살비는 헤셀 백작군을 속절없이 당하게 만들었다.

"진군하라고!"

악을 써봐도 이미 상황은 최악의 방향으로 진행되고 있었다. 다른 방법을 모색하고 있어도 강을 건넌 이상, 전투는 치러야 한다.

하지만 선두 부대가 강을 건너고 진영을 갖추지 못하는 사이, 마블론이 명령을 내렸다.

"기사단 돌격."

두두두두!

말을 탄 기사들은 무기를 쥐고 전진을 시작했다. 짧은 검 대신에 창을 든 그들은 무지막지한 기세로 병사들을 베어 넘겼다.

헤셀 백작군의 기세는 여전했지만 상황은 이미 자신들에게 넘어와 있었다. 비축해 둔 화살은 여전히 많았고, 선두와 분리된 후발 부대는 강을 건너면서 화살의 먹이로 전락해 버렸다.

"이겼군."

돌아가는 상황은 더 이상 지고 싶어도 지지 않을 만큼 유리하게 조성되어 있었다.

이것을 확실하게 굳히지 못한다면 그것은 얼간이나 다를 바 없겠지.

입꼬리를 말아 올린 마블론이 검을 들어 병사들을 독려했다.

"몰아붙여라! 절대 살려 보내지 마라!"

전투는 로운 후작가의 압도적인 승리였다.

꽝!

처참한 패배를 겪은 헤셀 백작은 주먹으로 탁자를 내리치며 분노를 발산했다. 그의 앞에 앉은 슈크라인은 미소를 지은 채 그를 바라보고 있었다.

"후후, 꼴이 좋게 됐군."

"처음부터 이렇게 될 줄 알았군!"

"당연한 일 아닌가?"

"결국 내가 얼간이였군."

분노한 표정이었지만 조금씩 가라앉고 있었다.

그도 깨달은 것이다.

두려움을 잊고, 고통을 느끼지 못하는 불사의 군대라고 해도 적의 전략에 빠지면 패배할 수밖에 없다는 것을.

적은 오래전부터 이곳에서 전투를 치르기 위해 준비를 해왔고, 반면 자신은 여러 번의 승리에 도취되어 앞뒤 가리지 않고 전진만 외쳐 댔다.

이 얼마나 꼴사나운 모습이란 말인가.

그것을 깨닫기까지 치른 대가는 너무나도 참혹했다.

"다음 전투는 이길 수 있나?"

"네가 하기 나름이겠지."

"내가 하기 나름이라……."

불분명한 말을 듣는 헤셀 백작의 표정은 처참했다.

오만.

무려 오만의 병사를 잃었다.

한 번의 판단 착오는 모든 것이라고 할 수 있는 전력을 잃고 말았다.

남은 숫자는 십오만이지만 그중 부상을 입어 제대로 전투를 치를 수 없는 숫자가 오만이었다.

실질적으로 전투를 치를 수 있는 숫자는 십만에 불과한 셈이다.

"마블론 이놈, 술이나 처마실 것이지."

알콜 대검호로 이름이 높던 마블론의 변신이 이렇게 참혹한 대가가 되어 다가올 줄은 몰랐다.

헤셀 백작의 타오르는 눈이 슈크라인을 정면으로 응시했다.

"내게 명확한 방법이 필요하다."

"확실하게 정해라. 적을 확실하게 이길 수 있는 방법, 그리고 적을 무너뜨리는 방법, 아니면 적을 말살하는 방법 등이 있다."

"적의 말살이 가능하다고?"

"어려울 건 없지."

"말해라!"

"후후후!"

다급함이 담긴 헤셀 백작의 음성에 슈크라인의 입꼬리가 말려 올라갔다.

"짜증나는군."

머리를 감싸쥔 카젤 국왕은 지금 벌어지고 있는 상황에 분노를 터뜨렸다.

그야말로 사면초가, 현재 그가 처한 상황이라고 봐도 무방했다.

블레임 왕국의 국왕인 그는 대륙에서 손에 꼽히는 절대강자였다.

그 누구도 그의 앞을 가로막을 수 없었고, 여태껏 자신이 원하는 것을 취하지 못할 만큼 탄탄대로를 걸어왔다.

거칠 것 없는 행보로 수많은 추종자를 양산했고, 사막지대에 자신의 국가를 세워 건국왕의 자리에 올라설 수 있었다.

하지만 모든 것은 헤인조 지방을 넘보면서 파탄이 시작되었다.

티엘 로운.

듣기만 해도 이가 갈리는 이름.

처음에는 그저 이름을 알린 애송이에 지나지 않았다. 자신이 패배할 거라 생각지도 않았고, 느슨한 연합 형태의 헤인조 지방을 휘어잡지도 못했다.

그저 그런 녀석이란 생각에 제국의 심기를 거스를 수 있음에도 침공을 개시했다.

하지만 패배했다. 그것도 아주 참혹한 패배.

절대강자인 자신이 패하면서 그동안 쌓아온 모든 걸 잃고 말았다.

그로 인해 시작된 왕국의 분열.

자신이 존재하기에 속도가 붙지 않고 있지만 절대적인 존재가 겪은 패배는 왕국 전체로 번지는 데 오래 걸리지 않고, 굳건하던 용병들의 신뢰에 금이 가면서 파국은 시작되었다.

카젤 국왕이 부상으로 신음하는 사이 세력을 일군 몇몇 용병들이 이탈하는 분위기를 조장했다.

돈에 휘둘린 용병들이 하나둘씩 이탈했고, 카셀 국왕이 아무런 움직임을 보이지 못하자 그 속도는 더욱 가속화되고 있었다.

"이 개 같은 녀석들을 처리해야 하는데……."

성질 같아서는 당장 검을 들고 반기를 드는 녀석들을 찾아가서 죽여 버리고 싶었지만 티엘에게 입은 부상은 생각보다 심각했다.

깊은 내상은 마치 살아있는 것처럼 틈을 파고들어 더 큰 부상을 선사했다.

신관을 초청해서 봉합을 해보려고도 했지만 역부족, 고통만 더욱 커질 뿐이었다.

"한 번의 실패치고 겪는 대가가 크군. 제길, 제기랄."

신관도 어쩔 수 없다면 남은 방법은 하나뿐이란 이야기였다.

바로 자신을 부상 입힌 티엘 로운, 그만이 자신의 내상을 치료할 수 있다는 말이 된다.

하지만 마지막 남은 자존심은 그로 하여금 행동으로 옮기지 못하게 만들고 있었다.

이러한 행동이 평생 일궈온 왕국의 분열을 조장하고 있다는 걸 알면서도 똥고집을 부리는 카젤 국왕이었다.

그리고 그것은 티엘의 마음에 들었다.

"그나마 쓸 만하군."

"누구냐?"

홀로 술을 마시던 카젤 국왕은 등골이 서늘해지는 기분이었다.

절대강자인 자신의 감각을 뚫고 십 미터 이내로 접근할 수 있는 존재는 아무도 없었다.

그런데 어찌?

고개를 돌린 카젤 국왕의 얼굴이 경악이 번져 나가기 시작했다.

그곳에는 절대 이곳에 없어야 할 인물이 태연한 표정으로 서 있었다.

"너, 너는……."

"오랜만이군."

티엘은 카젤 국왕을 보며 입꼬리를 말아 올렸다.

제4장

미의 정령

카젤 국왕에게 있어 티엘의 존재는 애증의 대상이었다.

자신에게 부족함을 알게 해줌과 동시에 모든 것을 앗아가 버린 존재.

그에게 겪은 패배가 아직까지 남아 자신을 괴롭히고 있지 않던가.

절대 잊을 수 없는 인물이 바로 티엘이었다.

"고통에 몸부림 치고 있을 줄 알았는데 그럭저럭 버티다니, 생긴 것답지 않게 제법 인내심이 있는 건가?"

"역시 네놈의 수작이었군."

"내 것을 넘봤으면 그 정도도 값싼 대가를 치른 거지, 아닌가?"

"큼! 당하는 입장에서 그렇게 말할 수 있나?"

끝까지 자신을 죽이기 위해 추격을 하던 그때 그 순간이 떠올라 등골이 서늘해졌다. 압도적인 강함과 집요하던 추적은 여전히 머릿속에 자리하고 있었다.

"추격을 중단한 건 얼마 지나지 않아 죽어버릴 거란 확신이 있었지. 제법 비싼 치료들을 많이 했지만 조금씩 잠식해 나가고 있겠지?"

"대체 무슨 수를 쓴 거냐?"

"적을 확실히 죽이기 위한 수법이지. 연구를 하다 보니 자연스럽게 되더군."

"……."

태연하지만 그 안에 담긴 의미는 결코 가볍지 않았다. 표정을 굳힌 카젤 국왕은 티엘을 빤히 바라보았지만 그는 아무렇지 않은 표정이었다.

지독한 침묵 속에서 먼저 백기를 든 것은 바로 카젤 국왕이었다.

"내게 뭘 원하는 거냐?"

그가 이 자리에 왔다는 것은 목적이 있다는 걸 의미했지만 당장 목숨을 놓고 도박을 하기에는 카젤 국왕이 손에 쥐고 있는 것이 너무 많았다. 헛된 자존심으로 모든 걸 잃고 싶지는 않았다.

"많은 걸 바라지 않는다. 작은 협력 정도라고 말하고 싶군."

"작은 협력? 웃기는군! 고작 그 정도로 내 복수과 흥정하겠다고?"

"그 정도 가치도 없다는 걸 말하고 싶은 건가?"

"그보다 원하는 걸 확실하게 털어놓으라는 말이다! 네놈에게 패했다고 해서 내가 그렇게 가볍게 보이는가?"

사납게 으름장을 늘어놓는 카젤 국왕의 모습은 마치 상처 입은 야수와도 같았다. 잠시 그를 빤히 바라보던 티엘은 가볍게 고개를 끄덕인 뒤 말했다.

"내가 원하는 건 세 가지다."

"많지 않다고 해놓고 원하는 건 세 가지나 되는군."

빈정거렸지만 티엘은 개의치 않고 말을 이어나갔다.

"첫 번째는 왕국의 안정이다."

"엉? 내 왕국의 안정이 왜 네놈의 원하는 바가 된 거지?"

"용병들이 분탕질을 쳐서 귀찮은 일이 발생하는 걸 원하지 않으니까."

"하긴, 용병들이 드나들면 골치 아프기는 하지. 기껏 힘들게 개척한 남부 지방이 위태로울 수 있으니까, 흐흐!"

"다 죽여 버리면 크게 상관은 없겠지."

"끙! 그런 방법도 있군."

티엘이 말한 방법은 가장 손쉬우면서 확실한 방법이었다. 절대강자 중에서도 강한 힘을 지닌 그가 마음만 먹으면 이 왕국을 피로 물들이는 것은 일도 아닐 테니까.

"두 번째와 세 번째는 뭐지?"

"두 번째는 본가와 동맹이다."

"동맹을 맺으면 우리에게 떨어지는 건 뭐지?"

"안정적인 고용과 식량 수출이다. 이 정도면 약탈을 하지 않아도 되겠지."

"뭐, 그렇군."

사막에 세워진 블레임 왕국의 가장 큰 문제점은 식량의 자급이 이루어지지 않는다는 점이다. 그것을 제대로 해결하지 못해서 약탈을 했던 것이고. 이 문제를 해결하면 주변국과 어색함을 풀어낼 수 있게 된다.

"우리야 좋지만 그쪽은 뭘 얻는지 모르겠군."

"그건 나중에 말해주지. 그리고 마지막은 지속적인 협력이다."

"응?"

"서로 특별한 일이 없는 한 관계를 오랫동안 이어간다는 뜻이다."

“나야 나쁠 것이 없지만 로운 후작가에서 얻을 게 있나? 상관없는 문제긴 한데.”

“신의를 어기지만 않으면 깨질 일은 없겠지. 혹여나 다른 짓을 하고 배신을 하면 목숨을 거둬 가면 되는 일이고.”

서늘한 눈길이 자신에게 향하는 순간, 카젤 국왕의 얼굴이 사정없이 구겨졌다.

말이 동맹이고, 협력이지 한마디로 코를 꿰겠다는 이야기였다.

‘제길, 뭐 됐군.’

하지만 여기까지 와서 돌이킬 수 없는 노릇. 영락없이 당해 버린 카젤 국왕이 양 어깨를 늘어뜨렸다.

“그럼 우선 나부터 치료를 해줬으면 좋겠는데.”

“그러지, 애초에 동맹을 맺으려면 신의가 필요하니.”

“신의는 무슨…….”

저도 모르게 비꼬면서 말을 하려던 카젤 국왕은 입을 다물었다.

지금 가장 필요한 것은 몸이 완전해지는 것이다.

“치료를 시작하지.”

티엘의 입가에 걸린 미소가 사악하게 느껴지는 건 착각일까.

잠시 후, 대전에서 찢어질 듯한 비명 소리가 울려 퍼지기 시작했다.

"귀찮은 일은 하나 덜어낸 건가."

카젤 국왕을 치료한 티엘은 블레임 왕국을 벗어나 헤인조 지방으로 향했다.

처음부터 로웰린을 찾으러 갈 때 블레임 왕국을 방문하는 것은 결정되어 있었다.

비 제국 절대강자인 카젤 국왕, 그를 한편으로 끌어들일 수 있다면 가문이 움직일 수 있는 폭은 전보다 훨씬 넓어지게 된다.

그것을 자각하게 된 것은 이번 헤셀 백작의 준동을 보고 나서였다.

세이주 지방에 고립되어 있던 그는 기어코 이십만 대군을 끌어모았고, 윈스터 후작가와 레디븐 백작가를 차례대로 격파하는 기염을 토했다.

그에 반해 로운 후작가가 동원할 수 있는 숫자는 십만이 아슬아슬했다. 그 정도를 동원하면 각 지역의 방어를 염려할 수준이었기에 점령한 영토에 비해 병사 숫자가 적다는 걸 실감했다.

"이미 정해진 수순이겠지."

지켜야 할 영토는 넓고, 잘 훈련된 병사의 숫자는 적었다.

그래서 선택한 것이 지켜야 할 곳을 줄이고, 정예화된 전력을 늘리는 것이었다.

그렇게 선택된 것이 바로 블레임 왕국의 존재였다.

이미 한 차례 악연으로 엮였지만 언제든지 아군으로 돌아설 수 있는 이들, 그들을 끌어들일 수 있다면 상황의 반전은 얼마든지 가능했다.

그때를 대비한 것은 아니지만 몇 년 동안 지독한 내상이 뒤따르게 하다 보니 카젤 국왕은 한결 고분고분해졌고, 일을 진행하는 것은 훨씬 수월해졌다.

드루윙 백작령으로 진입한 티엘은 이제 막 떠나려는 마차 문을 열고 안으로 들어섰다.

"같이 가지."

"어떻게?"

안에는 놀란 표정의 로웰린이 앉아 있었다.

"같이 가려고 왔지."

"같이요?"

"볼일은 다 마쳤다. 이제 남은 건 돌아가는 것뿐이지."

"그럼……."

사소한 행동이지만 자신을 기다려 주었다는 것 하나만으로 로웰린은 적잖이 감동한 표정이었다.

그에 준성은 미소로 대답을 대신했다.

"나도 편하게 마차에 타서 가고 싶었고."

"그래도 좋아요."

멋쩍은 듯 말을 하지만 그것만으로도 감동하기에는 충분했다. 미소를 지은 그녀는 티엘의 곁에 바짝 붙어 앉는 것으로 대신했다.

"앞으로 여러 가지로 일이 많을 거야. 가문도 혼란스럽고, 주변도 많은 사건이 발생하겠지. 그곳에서 중심을 잡아줬으면 좋겠다."

"제가 할 수 있을까요?"

"어렵지만 해내야지. 그 일을 해내라고 휴가를 준 건데."

"칫! 휴가라니요."

"그럼 휴가가 아닌가? 설마 도망을 친 건 아닐 테고."

"제가 잘못했어요. 다시는 그런 일이 없을 테니까."

고개를 깊게 숙인 로웰린의 음성에는 짙은 후회가 담겨 있었다.

후작 부인으로서 자신의 삶의 무게, 해야 할 일 등이 머릿속을 지배했다. 반드시 해야 할 일이건만 버텨내지 못하고 도망간 자신의 탓이 컸다.

"탓하는 게 아니다. 누구든 현실에서 도망치고 싶을 때는 있으니까."

"그랬던 적이 있나요?"

질문을 던지면서도 말도 안 되는 것이라고 생각했다. 자신이 본 티엘은 누구보다 강한 남자였다. 절대 꺾이지 않고, 자신의 소신을 밀고 나가는 남자가 바로 그였다.

하지만 그의 입에서 나온 대답은 그녀의 예상과 전혀 달랐다.

"있었지."

"……."

"겉으로 보이는 모습이 전부라고 할 수 없으니까. 나도 모든 것을 놓고 포기하고 싶을 때가 있었지."

"몰랐어요."

"물론 지금은 아니지만."

티엘의 입가에 쓴웃음이 걸렸다.

과거의 자신은 모든 것을 부인하고 싶었기에 가문의 일에서 손을 놓았던 것일지도 모른다. 그러니 제대로 된 행동조차 옮기지 않고 아돌프 남작의 횡포를 지켜보고, 가문이 사라지는 걸 지켜보고 있었겠지.

검을 사랑했다는 것도 자신의 겁쟁이 행적을 지우려는 어설픈 행동에 지나지 않았다.

그것을 공간검 익힐 때까지 깨닫지 못했다. 아니, 최근까지 몰랐다.

"그래서 더 심각한 걸지도 모르지."

"네?"

"아니, 아무것도 아니다."

무작정 힘든 심경을 토로하며 가문을 떠난 로웰린을 비난하는 사람이 있을 수 있지만 티엘 스스로는 그녀를 비난할 자격이 없었다.

자신 또한 한때 도망자였기에. 그녀를 보지 않았더라면 그마저도 자각하지 못한 채 비겁자로 남아야만 했을 것이다.

그런 의미에서 로웰린에게는 고마운 마음이 컸다. 자신이 미래에서 과거로 돌아온 사실을 말을 할 수는 없지만.

"가지, 집으로."

"네."

환한 미소와 함께 티엘의 팔에 얼굴을 묻는 로웰린이었다.

헤셀 백작에게 당한 처참한 패배로 인해 황도의 분위기는 무겁게 가라앉아 있었다. 자연히 패배의 책임으로 레디븐 백작의 책임론이 대두되고 있지만 당대 권력자인 그를 견제할 수 있는 이는 누구도 없었다.

황제마저도 그를 전폭적으로 지지하고 있는데 누가 레디븐 백작을 책하겠는가.

물론 그 스스로 전보다 훨씬 조심하는 모습을 보임으로써 패배에 대한 책임을 지고 있는 것이 현재 상황이었다.

"결국 이번 일은 레디븐 백작에게 책임을 묻는 형식을 취하란 의미로군."

"예, 폐하! 폐하께서 그러한 뜻을 갖고 계시지 않더라도 주변의 시선을 의식하셔야 합니다. 레디븐 백작님이 누구의 견제도 받지 않는 모습을 보인다면 그것은 제국의 위엄을 넘보는 격이 됩니다."

"제국의 격이라……."

카이후의 말을 들으며 히드로 2세는 생각에 잠겨들었다. 절대권력을 움켜쥔 레디븐 백작이지만 그는 리그디스 공작이나 클레디오 백작과는 달랐다.

"확실히 레디븐 백작이 전에 있던 다른 권력자들과 다르다는 것은 알고 있다."

"예의를 알고, 경우가 있으십니다. 백작님은 폐하를 도와 제국을 영광의 계단으로 이끌 역량을 가지고 계십니다."

"영광의 계단이라, 사분오열된 제국을 하나로 합치는 걸 말하는 건가."

"그렇습니다."

"그것은 결국 레디븐 백작의 위업이 되겠지."

"폐하……."

카이후는 다른 말을 하지 않았다. 씁쓸한 듯 중얼거리는 그의 모습에서 제국을 향한 충성심과 레디븐 백작의 충성심 사이에서 극심한 혼란을 느꼈다.

"레디븐 백작을 책하지 않겠다. 이 시점에서 짐이 움직이면 레디븐 백작을 무너뜨리려는 자들이 넘쳐나게 되겠지. 그것은 제국의 혼란으로 이어질 것이다. 짐이 원하는 것은 그게 아니다."

"현명하신 판단입니다."

레디븐 백작을 책하라고 했지만 그것은 어디까지나 히드로 2세의 체면을 세우기 위한 것.

그 스스로 체면을 구기면서 레디븐 백작의 체면을 세워주겠다는 것은 주군을 모시는 입장에서 결코 나쁘지 않았다.

하지만 왜 가슴 한구석이 복잡한 것일까.

자신은 레디븐 백작을 모시고, 그를 중심으로 제국을 안정시키는 것이 최선의 방안이라고 생각을 했지만 최근 들어 그 생각이 조금씩 흔들리고 있었다.

무엇이 옳고 무엇이 그른 것일까.

그것을 알지 못하기에 카이후는 혼란스러운 표정을 지은 채 아무런 말도 못했다.

"카이후."

"말씀하소서."

"짐이 제국을 다스리기 위해서는 레디븐 백작의 협조가 반드시 필요한가?"

"…그렇습니다. 그분만이 폐하께 힘을 실어주실 수 있습니다."

"짐이 못 미덥기 때문인가?"

"아닙니다. 주변에 망가진 곳곳이 폐하의 손길이 닿기에는 어려워서입니다."

"어렵다고?"

자신은 되고 레디븐 백작이 된다는 것은 말도 안 되는 일이다. 눈썹을 찌푸리는 히드로 2세를 향해 카이후가 조언을 했다.

"그것은 누군가 오욕을 뒤집어써야 하는 문제, 리그디스 공작의 정치가 들어서면서 제국은 곳곳이 썩어 들어가 있습니다. 그리고 각지의 영주들은 저마다 군대를 키우고 다른 꿍꿍이를 품습니다. 이것을 진압하는 것은 폐하가 아닌 레디븐 백작님이 되셔야 합니다."

"왜 짐이 안 된다는 건가? 제국의 영토를 감히 자신의 것으로 삼는 자들을 제압할 명분이라면 짐에게 있는 것이 아닌가?"

"분명 그렇지만 그럴 경우 제국은 완전히 분열되기 때문입니다. 북의 윈스터 후작가와 남의 로운 후작가, 동의 헤셀 백작가는 모두 한 왕국의 규모로 성장한 곳입니다. 그들이 이탈할 경우 제국은 더 이상 제 기능을 하기 힘들 뿐만 아니라 각지의 영주들이 다시 한 번 이탈을 꿈꿀 것입니다."

"그러니 짐이 직접 나서지 않고 뒤로 물러나 제국의 틀을 유지하도록 만든 뒤 레디븐 백작의 역량으로 저들을 토벌한다는 뜻인가?"

"예, 폐하!"

"……."

표정을 굳힌 히드로 2세는 느릿하게 고개를 끄덕였다. 카이후의 말은 틀린 바가 없었다. 만약 자신이 직접 움직인다면 왕국 규모로 커진 저들은 필연적으로 독립을 하게 될 것이다. 그리 되면 제국은 더 이상 형태를 유지하는 것조차 어려워지면서 사분오열될 것이 불을 보듯 뻔했다.

이 모든 건 핑계에 지나지 않는다. 자신이 좀 더 강력한 권력을 쥐고 통치를 했다면 이런 결과는 나오지 않았을 것이다. 결국 힘이 부족하다는 의미였고, 자신이 범한 실수가 고스란히 돌아온 것이기도 했다.

'힘이 필요하다는 뜻이다. 반대로 힘이 있으면 더 이상 레디븐 백작의 존재는 필요하지 않다는 뜻.'

레디븐 백작의 필요성을 역설한 것이 도리어 레디븐 백작을 실각시킬 수 있는 실마리를 잡게 된 히드로 2세였다.

하지만 그것을 그의 휘하 가신인 카이후에게 드러낼 수는 없었다.

"알겠다, 레디븐 백작에게 힘을 실을 테니 그 부분은 걱정하지 말도록. 짐 또한 레디븐 백작이 좀 더 수월하게 정치를 할 수 있도록 힘을 실어주겠다."

"감사합니다, 폐하. 레디븐 백작님도 기뻐하실 겁니다."

"도움을 줄 수 있어 기쁘군."

가볍게 미소를 지어 보였지만 그 속에는 진심이 담기지 않았다.

저택에 틀어박힌 카본 대공은 하루하루 수련을 하면서 시간을 보냈다.

세이주 지방에서 벌어지는 전황이 촉박하게 돌아가는 것이 전해졌지만 그는 마치 세상사를 모두 잊은 것처럼 수련에 모든 것을 쏟아붓고 있었다.

티엘과 겨뤘던 대결은 카본 대공의 인생에 있어 수치였고, 굴욕이었다. 그것을 잊기 위해서 자신을 혹독하게 몰아붙이며 수련에 수련을 거듭했다.

그러다 레디븐 백작이 패했다는 소식을 들었지만 내색하지 않았다. 아직 정계의 입지를 뒤집기에는 모두가 힘이 부족하다는 걸 자각하고 있었다.

"…이뤄줘야겠지."

수련을 하면서 끝없이 고민하던 사안이었다. 그리고 마침내 로즈의 부탁을 들어주기로 결정을 내렸다.

"부르셨어요?"

기다리기라도 한 것처럼 로즈는 곧장 부름에 응했다.

"네 부탁을 들어주겠다."

"감사합니다."

하지만 기대했던 반응은 나오지 않았다. 마치 예상이라도 한 것처럼 담담히 카본 대공의 결정에 감사의 인사를 표할 뿐.

"내가 얼마나 많은 고민 끝에 결정을 내린 건지 모르는 게냐?"

"잘 모르지만 한 가지는 분명해요, 저는 아버님을 실망시키지 않을 거예요."

"그 확신이 사실일지 아닐지는 아직 모르는 일 아니냐?"

"그런가요?"

무표정한 얼굴로 반문하는 모습에서 기이한 위압감이 느껴져 카본 대공은 아무 말도 할 수 없었다.

잠시 입을 닫고 생각에 잠겨 있던 카본 대공이 엘리멘탈 프로젝트에 대해서 설명했다.

"얼마나 알고 있는지 모르겠지만 일단 정령의 힘을 익힐 때 주의해야 할 점에 대해서 말하겠다."

비인부전인 엘리멘탈 프로젝트 힘은 제국을 지키는 숨은

힘이었다. 그동안 전면에 모습을 드러낸 적이 없지만 카본 대공 대에 이르러 본격적으로 모습을 드러내고 활발하게 활동을 개시했다.

첫째는 다른 사람에게 전수하지 말 것이고, 둘째는 겉으로 티를 내지 말 것, 셋째는 제국을 위하여 그 힘을 사용하라는 것이었다.

"첫째와 둘째는 찬성하지만 셋째는 힘들 것 같아요."

"왜 힘들다는 게냐."

"아버님은 제가 폐하께 얽매이는 것을 원하시나요?"

"원하지는 않는다. 하지만 규율상……."

"엘리멘탈 프로젝트를 완성시킨 건 아버지라고 들었어요. 그렇다면 더 이상 제국의 숨은 검이 지닌 규율에 얽매이는 것이 아닌, 엘리멘탈 프로젝트를 부활시킨 새로운 선구자라고 봐야 해요. 저는 규율에 얽매여 자신의 자유를 구속하는 아버지가 이해하기 힘들어요."

"내 스스로 자유를 구속한다고? 그럴 수도 있겠군."

작지만 큰 깨달음이었다. 모든 것을 놓아버렸다고 생각했지만 그 얽매임의 근원에는 언제나 황가가 있었고, 황제가 있었다.

"하지만 나는 제국의 숨은 검이다. 그 의무를 저버리는 것은 있을 수 없다."

"그것이 아버님의 신념이라면 제가 어찌할 수 없는 부분인 건 인정해요. 하지만 저마저도 그 신념에 얽매이는 것은 싫어요."

"허허! 네게 이런 말을 듣다니, 내가 그동안 세상을 너무 헛산 게 아닌가 싶구나."

"제멋대로인 제 말에 귀를 기울여 주는 아버님에게 감사할 뿐이죠."

"알겠다, 네가 그렇게 말을 하니 그 짐을 네게 지울 수는 없겠지. 하지만 한 가지만은 약속해라. 절대 그 힘을 가지고 외부에 널리 떨치지 않을 것을."

"약속할게요."

한 치의 망설임 없이 말하는 모습에서 카본 대공은 마음을 놓을 수 있었다.

"좋다, 그럼 정령을 소환하도록 하지. 너는 어떤 속성에 친화력을 가지고 있지?"

"그건 소환 의식에서 볼 수 있을 거예요."

"내게도 비밀이라는 게냐?"

"네, 아마 깜짝 놀라실 거예요."

그 말만으로도 오대 속성의 정령이 아니라는 것을 알 수 있었다. 엘리멘탈 프로젝트에서 정령을 소환할 때 대부분 먼저 자신에게 어떤 속성에 친화력을 가지고 있는지 살펴본다. 로즈가 그 과정을 거치지 않았다는 것이 염려스러웠지만 무리 없이 정령을 소환한 자신의 딸인 만큼 충분한 친화력을 지니고 있을 거라 생각했다.

"알았다. 그럼 가지."

행동력, 그것은 카본 대공이나 로즈 모두 가지고 있는 것이었다.

카본 대공이 로즈를 데리고 간 곳은 지하에 마련된 연무장이었다.

이곳은 단 한 번도 온 적이 없었기에 로즈는 눈을 휘둥그레 뜨고 주변을 둘러보았다.

"중앙에 서라."

얼핏 보면 연무장의 형태를 하고 있지만 중앙에는 커다란 마법진이 그려져 있었다. 로즈는 그것이 정령을 소환하는 마법진이라는 걸 알아차렸다.

"네."

"정령을 소환하기 위해서는 몸에 마법진을 새겨야 한다. 그것을 알고 있느냐?"

"물론이에요. 저는 준비가 되어 있어요."

"흠! 마법진까지 새겼을 줄은 몰랐는데."

"이 정도 준비성은 있어야죠."

"알았다."

정령력으로 전환하기 위한 마법진의 구조는 간단했기에 카본 대공은 크게 개의치 않고 로즈를 연무장 중앙에 서게 한 뒤, 마법진을 발동시켰다.

우웅! 우우웅!

마법진에서 푸른 기운이 발산되며 로즈의 전신을 휘감기 시작했다.

파팟! 파파팟!

로즈에게서 폭발적인 기세가 연신 주변 공간을 강타했다. 동시에 대기의 마나가 빠른 속도로 빨려들어 가는 것을 보며 카본 대공이 침음을 흘렸다.

"언제 저 정도 수준에 다다랐단 말인가."

주변 기운을 자유자재로 통제하는 경지는 이미 인간의 한계를 벗어던진 초인의 영역이었다. 그 경지를 로즈가 이뤄냈다고 보기 힘들었지만 지금 일어나는 현상은 엄연히 의지의 영역이었다.

아니나 다를까, 로즈에게 빨려 들어간 기운은 다시 조금씩 외부로 발산되었다. 그리고 차츰 영역을 넓혀 나가기 시작하더니 이내 조금씩 색이 바뀌어갔다.

그것을 본 카본 대공이 멈칫했다.

여태까지 단 한 번도 본 적 없는 기운이 주변을 가득 채우고 있던 것이다.

"…분홍색?"

대체 무슨 속성이기에?

의문이 머릿속을 가득 채워 나갔지만 아무런 생각도 드러내지 않았다.

당장 로즈가 어떻게 기운을 조율하는지 집중해야 했다.

그동안 그녀가 쌓아온 수련의 시간을 짐작해 보면 언제 기운이 폭발해도 이상하지 않았다.

아니나 다를까, 조금씩 주변을 뒤덮던 기운이 회오리를 일으키며 흡수되기 시작하더니, 이내 거대한 해일이 되어 전신을 부풀게 만들었다.

콰콰콰! 콰콰콰콰!

"안 돼!"

지금 보이는 것은 분명한 기운의 폭주. 화들짝 놀란 카본 대공은 로즈에게 다가가려고 하다 그다음에 일어난 현상을 보고 경악했다.

"아니, 어떻게 저렇게?"

전신에 가득 쌓인 블러디 로즈의 힘이 빠른 속도로 변화하는 것을 느끼며 로즈는 가늘게 몸을 떨었다. 마나에서 정제된 블러지 로즈의 힘은 그 자체만으로 정령력에 가까운 힘을 띤다.

그리고 다시 한 번 정령력으로 변환되는 과정은 더 강한 힘을 손에 넣게 만들어줌으로써 그녀를 희열에 젖게 만들었다.

'이게 맞지?'

[모든 건 계획대로랍니다.]

율리아의 목소리를 들으면서 로즈는 눈을 빛냈다. 전신에 휘몰아치는 힘은 점점 크기를 더해 나가고 있었다.

푸른빛을 띠던 마나의 색도 점차 변화를 일으키며 분홍색을 띠고 있는 상황, 자연히 그녀의 입가에 걸린 미소도 짙어졌다.

'세상의 아름다움을 간직한 미의 정령, 고서에나 적혀 있던 이 정령이 실존할 줄은…….'

[오로지 저의 힘을 익힌 자들만 접할 수 있는 영광이랍니다. 천사와 악마에게 부여받은 절대적인 아름다움은 정령마저 인정하게 만드는 마력을 지니죠. 후후! 아주 황홀해요, 아아, 아주 멋져요!]

진득한 힘의 폭풍을 느끼며 율리아의 영혼이 거세게 떨리는 걸 느꼈다. 그와 함께 로즈의 영혼도 거센 울림에 영향을 받으며 두 눈에 빛이 서리기 시작했다.

모든 것을 매료시키는 절대적인 아름다움, 그것은 인세의 수준을 벗어나 하나의 전설이자, 하나의 작품을 만들어내는 의식과도 같았다.

고서에 의하면 미의 정령을 소환하면 세상에서 으뜸가는 아름다움을 얻을 수 있다고 한다.

신들은 아름다움을 사랑한다. 그리고 악마도 아름다움을 사랑한다.

모두에게 사랑받은 아름다움은 선과 악의 경계를 뛰어넘은 절대적인 힘 그 자체였다.

"매료의 힘."

[그 어떠한 것도 손에 넣을 수 있는 궁극의 힘이랍니다. 궁금하지 않나요? 시험해 보고 싶지 않나요? 하지만 아직은 아니랍니다. 좀 더 참으세요. 좀 더 억누르고 좀 더 힘을 운용하세요.]

귓가를 울리는 달콤한 목소리.

신뢰가 전혀 가지 않았지만 지금은 이상하게도 그 목소리를 믿고 한 발자국 더 앞으로 나아가고 싶다는 생각이 강해졌다.

"해보겠어."

정령의 힘은 조금씩 통제에 따라 체내에 흡수되기 시작했다. 때로는 느릿하면서 유혹 같은 손놀림으로, 때로는 빠르면서 거친 야생마 같은 움직임으로 로즈의 전신을 누비며 차곡차곡 쌓였다.

그리고 마침내 그 힘이 정점에 다다랐을 때.

콰콰콰! 콰콰콰콰!

통제에 벗어난 힘이 제멋대로 날뛰기 시작했다. 저 멀리서 카본 대공의 놀란 모습이 생생하게 느껴졌지만 모든 것은 율리아의 의도대로였다.

힘의 통제, 그리고 힘의 폭주, 나아가 극한에 다다른 통제력을 발휘한 수용.

[지금이에요!]

쾅!

율리아의 목소리가 울려 퍼지기 무섭게 기운을 운용하자, 폭발하는 소리가 들리고 그대로 정신을 잃었다.

통제를 잃은 로즈의 몸이 축 늘어지면서 쓰러지려고 했지만 곧바로 균형을 잡고 자리에서 일어났다.

그녀의 두 눈은 요사한 붉은빛이 감돌고 있었다.

"이번뿐이니 이해해 주시길, 후후후!"

그 말을 끝으로 그녀는 눈을 감았다.

거대한 힘의 소용돌이 중앙에서 육체 재구성이 이루어지기 시작했다.

당장이라도 뛰쳐 나가려던 카본 대공은 로즈가 육체 재구성이 되는 것을 보고 눈을 떼지 못했다. 엘리멘탈 프로젝트가 대단하다는 말은 들었지만 정령 소환을 하면서 육체 재구성이 이루어진다는 말은 들어본 적이 없었다.

"허허! 내가 살아 이 광경을 보게 될 줄이야."

그것은 한편의 경이였다.

절대강자조차 제대로 이뤄내지 못하는 것이 바로 육체 재구성이었다. 그런데 로즈는 거대한 힘을 수용할 수 있도록 새롭게 육체를 재구성함으로써 인간의 한계를 뛰어넘는 힘을 보유하게 되었다.

대체 얼마나 강한 힘을 발휘하게 될까.

보는 것만으로도 가슴이 두근거릴 지경이었지만 빠르게 정신을 차린 카본 대공은 상황 정리에 나섰다.

"아무리 딸이라고 해도 알몸을 볼 수는 없지."

이미 옷은 갈가리 찢겨져 잔해만 남은 상태였다. 몸을 돌린 카본 대공은 빠른 걸음으로 연무장을 벗어났다.

시간이 흐르면 하녀에게 일러 옷을 가져다놓으라고 말을 할 생각이었다.

처음에는 기쁜 빛이 역력했지만 방으로 돌아가는 걸음이 더해갈수록 카본 대공의 표정은 빠른 속도로 경직되어 갔다.

생각에 생각을 거듭할수록 의아한 부분이 너무나도 많았다.

알 수 없는 분홍빛 기운과 육체 재구성, 그리고 로즈의 의문스러운 행동.

"육체 재구성이라……."

로즈에게 꼭 물어볼 거라 다짐하며 조용히 로즈를 응원했다.

온몸이 개운했다.

숙면을 취한 것처럼 맑은 정신과 운동을 한 듯 개운한 몸의 감각을 느껴지면서 로즈는 눈을 뜨고 천천히 몸을 일으켰다.

지하 연무장의 광경이 눈에 들어옴에 따라 기억이 되돌아오기 시작했다.

이곳은 의식을 잃기 전에 정령을 소환하던 장소다.

[일어나셨나요?]

여느 때와 다를 바 없는 율리아의 목소리가 들려온다. 자신은 상황을 파악하지 못하고 있음에도 태연하기만 한 그녀의 태도에 로즈는 눈살을 찌푸렸다.

"내게 무슨 일이 일어난 거야?"

[어마어마한 기연이 다가왔죠. 몸의 기운을 점검해 보겠어요?]

"……!"

의아한 표정으로 기운을 점검하던 로즈의 얼굴에 경악의 빛이 번졌다.

[대단하지요? 후후! 이것이 당신의 힘이랍니다.]

"이 정도일 줄은 몰랐는데."

[신과 악마, 그리고 정령의 비기가 합쳐진 힘이지요. 이 세상에 당신보다 많은 기운을 운용하는 인간은 아마 없을 거예요.]

확신이 담긴 말에 로즈는 고개를 끄덕였다. 정령의 힘을 모조리 흡수한 것도 모자라 육체 재구성까지 마친 로즈의 몸 상태는 인간의 한계를 아득히 추월해 있었다.

[그것뿐만이 아니랍니다. 더 멋진 것이 당신과 함께하고 있어요.]

"더 멋진 것?"

[그건 나중의 재미를 위해 남겨두죠.]

"칫!"

은근히 궁금증을 유발하는 말투에 로즈는 미간을 살짝 찌푸리다가 자신의 행동에 깜짝 놀라고 말았다.

예전이라면 절대 하지 않았을 행동이었기 때문이다.

매몰찰 정도로 티엘에게 거절당하면서 마음이 얼어붙었다고 생각했다. 그것은 자연히 행동이나 말투에도 영향을 미쳐 딱딱하게 경직되는 결과를 낳았다.

하지만 방금 전 자신의 행동은 그것과 거리가 멀어 보였다.

"어떻게 된 거야?"

[바뀐 게 느껴지나 보네요.]

"바뀌었다고."

[강자의 여유라 생각하면 된답니다. 이제 당신은 강한 힘을 손에 넣었으니 몸도 그것을 인식하고 여유를 갖게 된 것이죠. 강자는 어떠한 책임에서도 자유로우니까요.]

단지 힘을 손에 넣었다는 것만으로 이렇게 바뀐단 말인가?

미간을 찌푸린 로즈가 으름장을 놓았다.

"그것만으로는 부족해."

[이유는 조금 있다 알게 될 테니 말하지 않겠어요.]

"하, 정말……."

말로는 절대 당해낼 수 없다는 것이 느껴져 고개를 저은 뒤 연무장을 벗어났다. 그리고 입구 방향으로 걸음을 옮기니 미리 준비해 놓은 옷이 보였다. 딱 봐도 카본 대공이 준비했음을 알 수 있었다.

"그래도 이렇게 신경 써주는 사람이 있어 좋네."

[좋은 아버님이죠.]

"그런데 이게 뭐야?"

옷을 입은 로즈는 전과 달라진 감각에 표정을 굳혔다.

예전이라면 딱 맞았을 옷이다. 왕도의 유명한 디자이너가 직접 만든 이 옷은 로즈의 체형에 맞게 재단한 것으로 빈틈없이 몸을 감싸는 것이 일품이었는데 지금은 그게 아니었던 것이다.

우선 엉덩이가 꽉 끼다 못해 답답해서 터질 것 같았다. 허리 부분은 한 움큼이 남았으며, 가슴도 엉덩이와 마찬가지였다.

불과 얼마 전에도 입었기에 옷의 문제가 아니다. 그럼 자신의 몸이 이렇게 바뀌었다는 뜻인데…….

[후훗! 여인의 이상적인 몸매를 갖게 된 걸 축하드려요.]

"그래서 이런 거야?"

육체 재구성이 여성의 몸매를 보정해 주는 효과가 있었다니. 황당함에 멍한 표정을 짓는 로즈였다. 순진하기 그지없는 반응에 율리아는 웃음 섞인 목소리로 물었다.

[그럼 다른 거라고 생각하셨나요?]

"그냥 강해지는 줄 알았지. 놀랄 거란 게 이런 거였구나."

[그런 셈이죠?]

불편했지만 한 벌밖에 없기에 옷을 입은 로즈는 방으로 향했다. 그리고 다소 헐렁한 옷으로 갈아입은 뒤, 곧장 카본 대공의 서재로 이동했다.

"왔느… 으음!"

"안녕하세요?"

전보다 밝은 어조로 인사를 건네던 로즈는 어정쩡한 카본 대공의 반응에 의아한 표정을 지었다. 평소 근엄하던 카본 대공이 표정을 굳힌 채 연신 신음을 흘리고 있던 것이다.

어떻게 돌아가고 있는 것인지 모르는 로즈가 영문을 물으려던 순간, 율리아의 웃음소리가 뇌리에 울려 퍼졌다.

[후후후!]

'왜 그러는 거야?'

[정말 모르셔서 그러는 건가요? 당신은 정말 둔한 여인이군요.]

'내가 둔해?'

비꼬는 의미에 살짝 기분이 나빠진 로즈는 미간을 지그시 모았다. 그것이 자신을 향한 표현이라 생각한 카본 대공은 가볍게 고개를 저으며 대답했다.

"아무것도 아니다. 그나저나 육체 재구성을 겪었더구나."

"네, 운이 좋았어요."

"너는 내게 말하지 않은 비밀이 있는 것 같다. 내 생각이 맞느냐?"

그 말에 로즈는 멈칫했다. 그녀는 아니라고 말을 하더라도 카본 대공은 이미 확신을 가지고 있는 듯했다. 잠시 머뭇거리던 그녀는 결심을 굳힌 듯 나직이 고개를 끄덕이며 사실을 수긍했다.

"맞아요, 저는 아버님에게 말씀드리지 않은 비밀이 있어요."

"비밀이라, 내게 말할 수 없는 것이냐?"

"네, 아직은. 죄송해요."

[때로는 비밀이 평화를 지켜주는 법이죠.]

'조용히 해.'

한마디 거드는 율리아를 조용히 시킨 로즈의 시선이 카본 대공에게 향했다. 심각한 표정을 지은 그는 눈치를 살피는 그녀를 보다가 살짝 고개를 끄덕였다.

"죄송할 것 없다! 사람은 누구나 비밀을 품고 있게 마련이니까. 대신 누군가에게 말해줘야 한다면 내게 먼저 말해줬으면 좋겠구나."

"물론이에요. 지금은 사정이 있어서 밝히지 못하는 게 죄송해요."

"죄송할 건 없다. 너도 마음고생을 겪었으니 세상이 쉽지 않다는 걸 알게 됐겠지. 그나저나……."

말하기 힘든 듯, 카본 대공은 입술을 달싹이며 머뭇거리는 모습을 보였다. 그러다 결심을 굳히고는 로즈에게 말했다.

"당분간 표정 연습을 해야 할 것 같다."

"네?"

"너무 아름다워졌다. 이대로는……."

차마 세상의 모든 남자를 홀려 버릴 것 같은 염기를 발산하고 있다고 말할 수 없던 카본 대공이었다.

[쿡쿡!]

율리아의 낮은 웃음소리가 머릿속에 울려 퍼지고.

'뭐가 어떻게 돌아가는 거야?'

그제야 상황이 심상치 않다는 걸 알아차린 그녀의 표정이 기괴하게 일그러졌다.

제5장

대충돌

한 차례의 패배로 전투 인원 절반을 잃은 헤셀 백작군은 움직일 기미를 보이지 않았다. 십만에 달하는 피해를 입은 저들과 달리 로운 후작군이 입은 피해는 이천여 명이 전부였다.

그윈이 마블론에게 축하 인사를 건넸다.

"대승을 축하드립니다."

"수월하게 전투를 치를 수 있도록 중간에 보조해 줘서다."

"인정해 주셔서 감사합니다, 하하!"

이렇게 큰 대승을 거둔 것이 처음인 그윈으로서는 유쾌한 웃음을 지을 수 있었다.

마블론의 입가에도 미소가 걸렸지만 순식간에 지워졌다.
"매번 이런 전투였으면 좋겠지만 다음에는 쉽지 않겠지."
"저들도 바보가 아닐 테니 말입니다."
"두려움을 모른다는 것은 사실인 것 같더군."
"예, 팔다리가 잘려 나가도 기어서 강을 건너는 모습은 공포 그 자체였습니다."
대승을 거뒀음에도 마블론이 마냥 기뻐하지 못한 이유가 바로 그것이다.
십만을 잃고 패퇴한 헤셀 백작군이지만 사지가 잘려 나가도 입으로 물면서 끝까지 덤벼든 그들의 모습은 로운 후작군에게 두려움이라는 감정을 심어주었다.
그것은 승리의 감정마저 앗아갈 만큼 강렬해서 병사들이 흔들리지 않도록 후속조치에 심혈을 기울여야 할 정도였다.
"노이벨류 강이 있는 한 저들의 접근은 쉽지 않을 것입니다."
"맞는 말이지만 방심할 수 없다. 주군이 말씀하시길, 저쪽에는 마왕이 있으니."
"정말 마왕이 있을까요?"
"그럼 없다고 생각하나?"
"이, 있겠죠. 하지만 쉽게 믿기 힘든 것도 사실입니다. 마왕이라니."

이번 전쟁은 마블론이나 그윈에게 상당히 이색적인 전쟁이었다.

승리가 승리 같지 않았고, 마음 한구석에는 찜찜함이 자석처럼 들러붙어 떨어질 줄을 몰랐다.

모든 것이 의문투성이고, 작전 하나하나에 숨통이 죄일 것 같은 압박감이 전해졌다.

"우리 임무는 이곳을 지키는 거니, 사기가 떨어지지 않도록 잘 관리하도록."

"알겠습니다."

자신이 할 수 있는 일을 하는 것.

현재로써는 그것이 최선이었다.

전장에서 누구보다 바쁜 사령관이 있다면 한가로운 사람도 존재했다.

클레디오 백작이 바로 그러했다.

마왕의 진군을 가로막기 위해 이곳에 온 그는 헤셀 백작군에 틀어박혀 모습을 드러내지 않는 마왕을 기다리며 지루한 표정을 감추지 못했다.

"상당히 겁쟁이 녀석이로군. 전마왕이라는 녀석은."

마치 상대가 듣기를 원한 듯한 말이었지만 이 거리에서 들릴 리 없었다. 하지만 클레디오 백작으로서는 듣고 열이 받아

모습을 드러냈으면 좋겠다는 생각을 하고 있었다.

그만큼 그를 기다리는 일은 지루한 작업이었다.

"아주 진득한 녀석이라고 했지?"

티엘이 어떻게 전마왕의 존재를 알고 있는지 몰랐지만 그에 대한 설명은 만족스러웠다.

전쟁을 광적으로 사랑하는 마왕 중의 마왕.

승리를 위해서라는 수단과 방법을 가리지 않으며, 때때로 정면대결도 서슴지 않는 그의 존재는 가장 종잡기 힘든 마왕이라고 했다.

"어서 상대하고 싶다. 마왕 녀석의 힘을 내 몸으로 겪고 싶다."

드래곤 하트의 힘을 흡수한 클레디오 백작은 드래곤 하트 기운이 뜨거워지면서 전신을 휘젓고 다니는 걸 생생하게 느꼈다.

선천적인 드래곤의 존재감은 마족을 혐오하는 것처럼 저편에 존재할 마왕을 지워 버리고 싶은 들끓는 충동을 다스리기 바빴다.

"지금은 기다리마. 내가 기다릴수록 네놈에게 멋진 일격을 목구멍에 틀어박아 줄 수 있을 테니."

그 순간을 기다리며 클레디오 백작은 이를 악물며 웃었다.

굳게 마음을 먹고 도착한 곳이지만 막상 눈으로 보고 피부로 느껴지자 이전의 각오가 눈 녹듯이 사라지는 게 느껴졌다. 전신에 엄습하는 한기에 로웰린은 입술을 깨물고 주먹을 움켜쥐었다.

긴장하는 그녀의 어깨에 팔을 누른 것은 티엘이었다.

"들어가지."

"…네."

무심하지만 마음속의 위안을 가져다주는 말이었다. 어깨를 나란히 하고 안으로 들어서니, 하인, 하녀들이 분분이 비켜서며 고개를 숙이는 모습이 눈에 들어왔다.

"이곳은 가문의 집이자, 너의 집이기도 하다. 부담을 갖지 말도록."

"물론이에요."

"쉽지는 않겠지만 노력해라. 도망치고 싶어도 지독한 현실은 마주할 수밖에 없으니까."

위로 한 점 섞이지 않은 잔인한 말들이다. 폐부를 후벼 파는 말에 로웰린은 눈을 지그시 감았다가 번쩍 뜨며 대답했다.

"쉽게 무너질 생각은 없어요. 추태는 한 번이면 족하다고 생각해요."

"그럼 가지."

오랜만에 돌아오기에 가장 먼저 한 것은 마리아에게 인사를 하는 것이었다.

여느 때처럼 소소한 취미 생활을 즐기는 그녀는 평소처럼 둘을 맞이했다.

"왔구나, 그동안 잘 지냈고?"

"예, 일이 있어서 볼일을 보고 로웰린을 데려왔습니다."

"…다녀왔습니다."

무수히 많은 말이 머릿속을 맴돌았지만 그녀가 한 말은 간단했다.

잠시 떠난 집에 돌아올 때 한 말. 그것은 환대를 받을 수도 있고 빈축을 살 수도 있지만 적어도 마리아에게는 잘 먹혀들었다.

"어서 오렴."

"네……."

"무심한 아들을 남편으로 맞이해서 많이 힘들지? 힘든 일이 있으면 내게 찾아오렴. 그래도 이 가문에서 네 남편을 혼낼 수 있는 사람은 나밖에 없으니."

"히, 힘든 일은 없었어요."

"마음고생도 힘든 일 아니니. 내 말이 틀린가?"

"그건 아니지만, 네. 부탁드릴게요."

원인 제공을 한 건 티엘이 아니라 자신이라고 말을 하고 싶었지만 마리아의 눈을 보는 순간 다른 변명을 할 수 없었다.

"너도 좀 더 부인에게 신경 쓰고."

"그러겠습니다."

"그럼 됐다, 부부 관계에 말을 더해봤자 잔소리만 되겠지. 앞으로 잘하는지 각별히 볼 거다."

"예."

자신의 편을 들어주는 모습에 로웰린은 적잖이 힘을 얻을 수 있었다.

시어머니와의 만남은 무사히 넘겼지만 위기는 끝난 것이 아니었다.

그다음 찾은 곳은 크레티아와 카롤리나가 있는 곳이다.

아이를 안고 있는 크레티아와 배가 잔뜩 부푼 카롤리나를 보며 로웰린은 더 이상 평온을 유지하지 못했다.

두 여인 앞에 선 그녀는 고개를 깊이 숙이며 사과를 했다.

"미안해."

"왜 언니가 사과를 해요?"

"내가 속이 좁은 탓이야. 좀 더 기다리고 넓은 마음을 가지면 이런 일이 없었을 텐데, 내가 모자란 탓에……."

"그런 말씀 마세요, 언니. 저희는 언니를 원망하지 않아요. 누구나 느낄 수 있는 감정이고, 할 수 있는 실수예요."

"……."

괜찮다고 말을 해도 로웰린의 마음은 그렇지 못했다.

추한 모습을 보여 버렸고, 그때의 모습을 떠올리면 스스로에게 혐오감이 들 정도였다.

왜 마음을 넓게 가지지 못했던 걸까.

시간을 그때로 돌릴 수 있으면 하는 생각이 들었지만 그런 일은 일어나지 않았다.

그저 미안함을 담아 사과만 할 뿐.

아무리 말을 해도 듣지 않으려는 그녀를 향해 카롤리나가 미간을 찌푸리며 말했다.

"언니가 계속 그러시면 저도 좋지 않아요. 그러니 받아주시고 언니도 편하게 대해주세요."

"아… 미안."

"미안하다는 말은 하지 않으셔도 돼요."

"응, 몸은 괜찮고? 지금 같은 시기면 많이 조심해야 할 텐데."

걱정하는 로웰린의 얼굴에 미안함의 감정도 한결 가벼워졌다. 표정을 굳히던 카롤리나도 입가에 미소를 지으며 고개를 끄덕였다.

"조심하고 있어요. 하지만 저도 처음이니 아직 부족한 점이 많아요. 좀 더 노력을 해야겠지만 세상이 그렇게 호락호락한 것 같지도 않고요."

"영양 섭취를 잘하고 스트레스를 받으면 안 돼. 이제 괜찮으니 걱정은 덜어버리고 쉬자."

"그럼 언니도 편하게 대해주는 거죠?"

"응……."

"쉽지 않겠지만 부탁드려요. 안 그래도 그 문제 때문에 아주 머리가 터져 나가요."

"많이 힘든가 봐?"

"크레티아는 그러지 않았는데 저는 엄청 민감하더라고요. 먹고 싶은 게 있으면 꼭 먹어야 하고. 참고 싶은데 아기를 생각하면 그럴 수도 없어서 아주 복잡해요."

카롤리나의 말에 크레티아가 입꼬리를 말아 올리며 말했다.

"그러니 평소에 나처럼 착하게 살았어야지."

"누가 착해?"

"악덕 상인보다는 내가 훨씬 착하게 살았지, 뭐."

"에휴! 너랑 이야기하다가 열 받아서 제 명에 죽지 못하지."

"그러니 어서 나처럼 아이를 낳아서 편해져. 언니도 얼른 임신해서 아이를 낳았으면 좋겠어요."

"고마워."

평소보다 밝은 표정으로 말을 하는 크레티아의 역할로 분위기는 부드럽게 풀어졌다.

내심 걱정이 많던 로웰린도 변함이 없는 동생들의 행동에 안도할 수 있었다.

"어느 정도 수습이 됐으니 다행이군. 앞으로 가문의 일을 로웰린과 잘 협의해서 이끌어 나갔으면 좋겠다."

"네!"

"맡겨주세요."

"최근 제국 정세가 어지러워서 언제 가게 될지 모르니 너무 기다리지 말고."

"헤셀 백작군을 물리쳤다고 들었는데 아직도 공격을 하려고 하나요?"

"연이은 승리로 사기가 높아졌으니까, 재공격을 한다고 봐야겠지."

마왕에 대한 이야기는 아직 대외적으로 알려지지 않은 비밀이었다. 전장에서도 슈크라인이 모습을 드러내지 않았다고 하니 티엘의 경계심은 커질 수밖에 없었다.

'깊은 곳에 숨을수록 골치 아픈 형태로 나타날 텐데. 차라리 적당히 얕잡아 보고 정면으로 등장하는 게 좋을 것 같군.'

사령관인 마블론은 마왕의 존재에 의구심을 가지고 있지만 티엘은 달랐다.

전마왕 슈크라인은 반드시 모습을 드러낼 것이다. 그리고 그때가 되면 자신의 군대는 커다란 위기에 봉착하게 된다. 클레디오 백작을 보냈지만 과연 그를 막을 수 있을지 확신에 대해서는 반반이었다.

"레이든은?"

"자고 있어요."

"가서 모습을 보고 일을 하도록 하지. 오랫동안 외출을 했으니 할 일이 쌓여 있을 터."

"제가 같이 갈게요."

레이든의 어머니 크레티아가 티엘의 곁에 달라붙었다.

그 모습을 보고 로웰린은 미소를 지었다.

더 이상 그녀의 눈빛에는 질투가 섞여 있지 않았다.

한 차례 패배한 헤셀 백작군은 그 이후로 꼼짝도 하지 않았다.

지독할 정도로 집요하게 이어지던 첫 번째 공격을 기억하고 있기에 마블론은 수비에 치중할 뿐, 일체 움직임을 보이지 않으며 조용히 상대의 틈을 노리고 있었다.

이것이 답답했음일까.

그윈은 다른 의견을 제시했다.

"이쯤에서 한번 공격을 해야 하지 않겠습니까?"

"공격을?"

"저들은 절반이 넘는 사상자를 냈지만 우리는 다릅니다.

좀 더 적극적으로 적을 뒤흔들 필요가 있다고 생각합니다."

상대의 진영에 마왕이 있다고 하지만 그것은 크게 고려 대상이 되지 않았다. 만약 나타난다면 클레디오 백작이 나서면 되는 일이다. 그것과 별개로 덩치가 큰 적의 힘을 빼놓기 위해서는 이쪽의 움직임이 필요하다는 게 그윈의 주장이었다.

"나는 반대다. 아직 우리가 움직일 시기는 아닌 것으로 보이는군."

"너무 소극적이면 적이 힘을 회복할 시간을 줄 것입니다."

"준다고 해도 우리가 지닌 이점을 버릴 수는 없다. 이곳 노이벨류 강을 지키고 있으면 적이 남진할 여지는 존재하지 않아."

"좀 더 적극적이어야 전황에 변화를 만들 수 있습니다."

그윈이 주장하는 바는 첫 전투의 승리를 좀 더 확고하게 굳히자는 이야기였지만 마블론의 태도는 확고부동했다.

답답함을 감추지 못한 그는 조용히 듣고 있던 클레디오 백작의 의견을 물었다.

"백작 각하께서는 어떻게 생각하십니까?"

"나? 이렇게 지루한 전황은 당연히 심심하지만, 무턱대고 돌격하는 것만큼 멋진 자살 방법은 없지."

"자살 방법이랄 것까지야."

"상대의 정확한 규모와 힘도 모르고 흔들어보려고 하는 게 자살이 아니고 뭔가? 그러다가 갑자기 마왕이 툭 튀어나오면? 내가 갈 때까지 다 죽고 나서 버텨볼 생각인가?"

"끄응."

직설적이고 날카로운 말에 그윈은 앓는 소리를 흘리며 입을 다물었다. 지지부진한 전황에서 수동적인 마블론의 운영을 지지하는 입장을 드러낸 것이다.

"물론 지금이 마냥 유쾌하다는 건 아니야. 자신의 주군이 언급을 했지만 휘하에 있는 녀석은 그 사실을 의심하고 있으니."

"의심이 아니라 눈으로 확인할 때까지 신중을 기할 뿐이오."

그러면 그렇지.

곧바로 치고 들어오는 말투에 마블론도 눈썹을 찌푸렸다.

현재 전황이 불확실함의 연속이다 보니 모두의 짜증이 조금씩 치솟고 있는 상황이었다.

여기에서 불협화음은 자칫 내부에서의 분열을 초래할 수 있다.

'내부 분열?'

순간 마블론은 기이한 위화감을 느꼈다. 생각해 보면 언제 어느 순간부터인가 자신이 클레디오 백작의 말 한마디에 짜증을 내는 빈도가 늘어난 듯했다.

분명 그가 예전에 자신을 패배시켰다고 하지만 받아들이지 못할 만큼 옹졸하지는 않았다.

대체 왜?

커다란 의문이 머릿속을 가득 지배해 나갔다. 자신의 의견에 반하는 그윈의 의견을 왜 묵살하고 싶었는지, 그가 이런 의견 자체를 내는 걸 왜 짜증스럽게 여겼는지 모든 게 혼란의 연속이었다.

클레디오 백작의 입가에 비릿한 미소가 걸린 것은 그때였다.

"근데 그거 아나?"

"뭘 말입니까?"

"이렇게 우리가 충돌하고 말다툼을 하는 것도 마왕의 계략일 수 있다는 것을."

"그게 무슨……."

콰우우우!

말을 꺼내기 전, 폭발적인 기세가 클레디오 백작에게서 발산되었다. 갑작스럽게 기세에 노출된 마블론은 서둘러 대응하려고 했지만 몸은 통제권을 벗어나 날뛰었고, 주변 공간이 어그러지기 시작한 것을 보고 경악한 표정을 지었다.

"이, 이건!"

쩌적! 쩌저적!

마치 유리가 부서지는 것처럼 주변 공간이 무너져 내렸다. 곁에 있던 그윈 또한 두 눈을 부릅뜬 채 지금 벌어지고 있는 상황을 두 눈으로 보고 있었다.

"내 예상이 맞았군."

"무슨 일이 일어난 것입니까?"

"마왕이 제법 영악한 술수를 부렸군. 직접적인 영향력이 아니라 간접적인 영향력으로 우리의 행동에 간섭을 했다. 아주 고약하게 걸려든 것이지."

"어떻게 된 건지 모르겠습니다."

지금 상황이 어떻게 돌아가는지, 마왕이 정말 존재하는지 알 수 없었다. 한 가지 바뀐 것이 있다면 계속 머리를 아프게 만들던 뿌연 무언가가 사라진 기분이었다.

"지금 내 말에 기분이 나쁜가?"

"나쁘지 않습니다."

"방금 전까지는 굉장히 불쾌한 표정을 짓고 있었지."

"…이 모든 게 마왕의 술수란 말입니까?"

절대강자인 자신도 느끼지 못하는 사이에 파고드는 마왕의 사술이라니.

방금 전까지 있던 자신의 행동이 해석되지 않기에 수긍할 수밖에 없었다.

"마왕도 절대강자의 정신을 파고들기는 쉽지 않다. 하지만 시간을 들여 간접적인 영향력을 행사하는 건 어렵지 않지. 무엇보다 넌 나를 별로 좋아하지 않으니 이런 상황을 조성하는 건 더 쉬웠겠지."

"허어!"

허탈함을 감추지 못하는 마블론과 달리 클레디오 백작의 눈은 차갑게 가라앉아 있었다. 주변에 기감을 확대하던 그는 감각에 걸리는 이질감을 파악하고 외쳤다.

"듣고 있겠지! 모습을 드러내라."

"지금 마왕이 이곳에 있습니까?"

"모습을 드러내지 않는다면 내가 드러내게 해주지."

마블론의 물음에 대답하지 않고 검을 뽑아 한곳을 향해 던졌다. 의지가 실린 검에 검은 기운이 응집하면서 이글이글 타올랐다.

공간 한 부분을 향해 날아든 것은 단숨에 충돌을 일으켰다.

파직! 파지직!

강렬한 스파크가 연이어 일어나더니 검은 허공에서 고정된 듯 아무런 움직임도 보이지 않았다.

"설마 이걸 들킬 줄 몰랐군."

스으윽.

막사 한구석에 성스러울 만큼 아름다운 기사가 모습을 드러냈다. 하지만 입에서 흘러나온 음성은 사이하기 그지없었다. 그 속에 내재된 치열하고 폭발적인 기세에 몸이 들썩이는 걸 느끼며 클레디오 백작이 입꼬리를 말아 올렸다.

“이 정도 얕은 수에 걸려든다면 너무 시시하지 않나?”

“그런가? 재미있군, 인간 중에 이런 자가 있을 줄은 몰랐는데.”

“그러니 중간계가 재미있는 것 아닌가?”

“호오, 나의 재미를 알아주니 더 흥미가 동하는데.”

“전마왕의 치열한 힘이 어느 것인지 한번 겪어보고 싶어져서.”

“날 아나?”

슈크라인의 두 눈에 흥미가 서렸다. 사술로 서로 상잔하게 만들려고 했지만 그보다 더 눈길을 잡아 끈 것은 마왕인 자신을 앞에 두고도 여유로운 눈앞의 인간이다.

“전마왕 슈크라인, 마계에서 가장 개싸움을 즐겨하는 마왕으로 유명하지.”

“개싸움이라? 재미있는데, 내가 개싸움 전문이라니. 하지만 틀린 말이 아니야. 오히려 아주 마음에 들어.”

“어디 그 힘을 한번 견식해 볼까.”

콰콰콰!

허공에 멈춰 있던 검에 검은 불길이 생성되며 재차 슈크라인에게 쇄도했다. 왼손에 들고 있는 거대한 타워 실드로 검을 후려쳤다.

쩌저정!

어마어마한 굉음이 울려 퍼지면서 검이 뒤로 튕겨 나갔다. 검은 불꽃은 흩어져서 작은 기미만 보일 뿐이었다.

"마왕의 전투 방식이 인간과 다를 바가 없군."

"그러는 넌 평범한 인간이 아니군."

타워 실드로 이뤄진 일격은 인간이 견뎌낼 만한 충격이 아니었다. 검과 연결된 의지, 그리고 육체에 타격을 입힐 만한 반격이었지만 당사자인 클레디오 백작은 멀쩡하게 서서 흉흉한 기세를 발산하고 있었다.

오히려 그 말에 더 즐거운 듯 입꼬리를 말아 올렸다.

"그렇게 보였나? 그럼 더 시험해 보도록."

전투가 벌어진 시점에서 마블론과 그윈은 현장에 벗어났다. 그리고 주변에 누구도 다가오지 못하게 만들면서 인간과 마왕의 전투를 바라보았다.

"…주군의 말이 사실이었군."

"사실 저는 믿지 않고 있었습니다."

"나랑 같군. 하지만 사실일 줄이야."

"겉모습만 보면 마왕이 아니라고 우길 수 있지 않겠습니까? 딱 보면 마왕이라는 느낌보다는 천족이라는 느낌이 들 정도인데."

분위기를 가볍게 해보려는 의도임을 알았기에 마블론도 피식 웃었다.

"주군 앞에서 그 말을 하면 한 대 얻어맞을 각오를 해야 할 거다."

"하긴, 자비라고는 눈곱만큼도 찾아볼 수 없는 분이니. 그런데 어떻게 해야 할까요?"

"진짜 마왕이라면 클레디오 백작님만으로는 무리라고 생각한다."

"저도 마찬가지입니다. 그렇다고 돕기에는 인간의 영역 밖이지 않습니까."

"그것도 그것 나름대로 문제겠지. 주군은 모든 것을 알고 있었으니 어떻게든 가능하지 않겠나."

과연 클레디오 백작이 마왕을 감당할 수 있을까? 이 부분에 대해서 의문 부호가 그려질 수밖에 없었다.

"결국 지켜보는 것밖에 할 수 있는 게 없군요."

"그렇군."

아무것도 할 수 없다는 건 지독한 무력감으로 바뀌어 전신을 뒤덮는다.

점점 눈으로 판별하기 힘든 두 존재의 대결에 마블론의 표정도 일그러져 갔다.

슈크라인은 자신에게 맞서 한 치의 물러섬이 없는 인간을 보며 눈을 빛냈다. 투구 사이로 드러난 안광은 섬뜩함을 발했지만 클레디오 백작은 입꼬리를 말아 올림으로써 대답을 대신했다.

"좋군."

중간계에 강림하고 전쟁을 조장했지만 이런 손맛을 느낄 수 있을 거라 생각지는 않았다.

전쟁은 삶이자 이유였다. 치열한 접전 속에서 피어나는 마이너스 감정은 훌륭한 자양분이 되었고, 더 큰 힘을 안겨다주지만 그 또한 마왕인 만큼 직접 파괴하는 것을 가장 좋아했다.

하지만 인간 중에 마왕의 힘을 감당할 자가 몇이나 될까. 절대강자라 불리는 인간들도 있지만 결국 간단한 손맛을 볼 대상에 지나지 않았다.

적어도 그렇게 생각했지만 눈앞의 인간은 그 격이 달랐다.

이미 인간의 한계를 초월하여 자신이 모르는 어떠한 힘을 품고 있는 것은 충분히 위협이 되기에 부족함이 없었다.

"인간이 아닌가?"

"그렇게 보이나?"

"그렇게 보이는군."

클레디오 백작의 물음에 슈크라인은 순순히 대답했다. 하지만 두 눈은 집요할 정도로 그의 전신을 샅샅이 훑고 있었다.

"인간이다, 믿도록."

"드래곤의 기운을 풀풀 흘리면서 제 스스로는 인간이라 주장하다니, 재미있어. 중간계는 이런 변수가 많아서 재미가 있단 말이지."

서로 영역을 정하고 정치 싸움만 집요하게 오가는 마계와는 사뭇 다른 중간계.

어떠한 변수가 언제 어느 순간 나타날지 모르니 서늘한 기운이 등골을 연신 강타하는 기분이었다.

그것이 살아 있음을 느끼게 해주었기에 슈크라인의 안광은 시간이 지날수록 강렬해졌다.

"더 재미있게 해주지."

"어떻게 말이지?"

"인간이 마왕을 죽일 수 있다는 걸 보여주는 것도 재미있지 않을까?"

"누가?"

"나다."

슈아악!

두 눈을 번뜩인 클레디오 백작의 검이 허공을 갈랐다.

드래곤의 힘을 얻은 그의 힘은 이전과 비교할 수 없는 수준에 도달했다.

카를렌스에게 저항하면서 성장한 의식과, 웅혼한 마나, 그리고 존재의 격이 높아졌다. 그에 따른 무위 상승은 이미 상상하기 힘들 만큼 격차가 벌어졌다.

"드래곤에 이어 마왕이 상대면 그만큼 재미있는 일이지."

"호오, 드래곤도 상대해 보았다고?"

"아주 지독한 녀석들이었지."

자신의 몸을 빼앗기 위해 수작을 부리던 카를레스의 집요함은 두 손을 들고 싶을 만큼 강렬한 것이었다.

하지만 지금은 감사했다. 스스로 나서면서 소멸을 자처했기에 자신에게 이런 기회가 생기지 않았던가.

더 강해지고 싶은 확고한 목표가 생긴 만큼 이전보다 훨씬 활력 넘치는 삶을 이어나갈 수 있었다.

무엇보다 자신 앞에 있는 마왕보다 더 강하다고 생각되는 이.

티엘 로운을 넘기 위해 클레디오 백작은 끊임없이 검을 수련하고 또 수련했다.

아직까지 그를 넘지 못했다. 하지만 분명한 것은 눈앞의 녀석이 그놈보다 더 강해 보이지 않는다는 점이다.

비록 제약이 가해졌다고 해도 이미 인간의 몸으로 마왕을 이길 수 있다는 걸 의미했다.

"나라고 못할 건 없지."

파앗! 파바밧!

허공에 떠오른 검에 붉은 불길이 일렁였다. 모든 것을 태워 버릴 사나운 기세는 주변의 공기를 가열했지만 슈크라인은 전혀 개의치 않는 표정이었다.

"이미 막힌 수법을 쓸 만큼 빈곤한 건가."

"그럴 리가. 한번 맞아보도록."

"그건 마왕이라고 해도 맞으면 아플 것 같군. 후후, 훗!"

슈크라인의 웃음은 중간에 끊길 수밖에 없었다. 순간 틈이 드러난 순간 검이 단숨에 공간을 격하고 짓쳐들며 가슴을 꿰뚫을 듯했다.

꽈앙!

타워 실드로 어렵지 않게 막아낸 뒤, 빠른 속도로 검을 튕겨냈다. 거센 충돌음이 울려 퍼지면서 검이 밀려나고, 그 사이로 검이 클레디오 백작에게 쇄도했다.

"자유자재로 다룰 수 있으면 그만큼 제약이 가해지는 법이지."

슈크라인이 노린 바도 바로 그것이다. 오러 파이어 비기를 사용하면서 검을 놓아버렸으니 현재 그는 맨손 상태였다. 이 세계 검사들은 검을 놓치게 되면 실력의 절반도 발휘하지 못하곤 한다.

하지만 그것이 착각이라는 걸 깨닫는 데에는 오래 걸리지 않았다.

슈크라인의 검이 클레디오 백작의 몸을 꿰뚫기 전, 그의 손에는 검은 기류가 일렁이는 한 자루의 검이 쥐어져 있던 것이다.

카앙!

"검이 없다면 만들어내면 되지."

"재미있는 비기로……."

눈을 빛낸 슈크라인은 더 말을 이을 수 없었다. 어느새 뒤로 접근한 검이 뒤통수를 향해 날아들고 있었다.

"말을 할 때는 공격을 하지 않으면 안 되나?"

"그건 유희나 즐기는 입장에서 지키는 것이지. 그쪽이 원하는 건 살이 타들어가고 뼈가 부러질 듯한 치열한 접전이 아니었나?"

"누가 보면 지금 그것이 가능한 수준인 걸로 오해하겠군."

"쉽지 않겠지만 못할 것도 없다."

파앙!

검에 맺힌 검은 불길이 빠른 속도로 팽창하면서 주변 공기를 불태워 버려 한순간 진공 상태로 만들었다. 육체를 갈가리 찢어버릴 매서운 기세에 슈크라인은 입을 다물고 블링크를 시전했다.

이십 미터 떨어진 곳에 모습을 드러낸 그의 앞에 도달한 것은 코앞에 도달한 검이었다.

반사신경으로 커버할 수 없을 만큼 지근거리에 도달한 검을 보며 최대한 몸을 틀어서 타워 실드를 들었다. 그와 동시에 거센 충격이 전해졌다.

콰앙!

블링크까지 예상한 클레디오 백작의 공격은 반쯤 실패로 끝이 났다. 완벽한 타이밍을 잡고 들어갔지만 마왕의 반사 신경은 예상을 뛰어넘는 수준이었다.

그래도 투구의 절반 이상을 날려 버릴 수 있었다. 머리를 파괴했다면 승리로 끝나 보이지만 여전히 날 선 기세를 발산하는 슈크라인을 보면 결정적인 타격은 주지 못한 듯했다.

스윽.

타워 실드를 내린 슈크라인의 얼굴이 고스란히 드러났다. 길게 기른 검은 머리와 가는 얼굴선, 아름답게 조각된 얼굴은 마왕의 것이라 보기 힘들었다.

클레디오 백작이 입꼬리를 말아 올리며 말했다.

"그 아름다운 얼굴을 투구로 가리고 다니다니, 아쉽다고 생각하지 않나?"

"……."

슈크라인은 아무 말도 하지 않았다. 그저 묵묵히 그를 바라볼 뿐, 하지만 그 침묵 이면에는 모든 것을 태워 버릴 거센 분노가 함께 하고 있었다.

싸아아!

일순간 주변 공기가 차갑게 냉각되었다. 두 눈 또한 차갑게 가라앉은 채 그를 바라보았다.

"이 치열한 전투, 좋다. 아주 좋아. 날 진심으로 만들었으니 각오는 된 것으로 알겠다."

"내가 원하는 바다."

검과 방패를 고쳐 쥔 슈크라인이 달려들었다. 클레디오 백작도 두 눈을 빛내며 검을 들었다.

순식간에 백여 합이 흐른 그 존재의 격돌은 주변 일대 전체를 파괴하기에 부족함이 없었다.

주로 공격을 하는 것은 슈크라인이었고, 방어에 임하는 것은 클레디오 백작이었다. 하지만 어느 누구도 위험에 빠지지 않았다.

두 눈으로 식별하기 힘든 둘의 대결은 치열함 그 자체였다.

쾅! 콰과광! 꽈르릉!

검과 방패를 들고 전투에 임하는 슈크라인은 마왕이라기보다 기사에 가까웠다. 거대한 타워 실드를 공격과 방어에 동시에 활용하는 그의 실력은 신기에 가까워서 클레디오 백작은 고전해야만 했다.

"조금 전까지 자신하더니 이제는 조용해졌군."

"이 정도 버텨주는 인간이 있다는 걸 감사해야 할 텐데?"

"그렇지, 아주 감사하고말고."

콰과광!

검과 검이 충돌할 때마다 검은 기운이 폭사하면서 모조리 휩쓸어 버렸다.

멀찍이서 구경하던 마블론은 이미 군을 대대적으로 물린 상태였다. 그만큼 둘이 일으키는 여파는 상상을 초월할 만큼 대단했다.

"길게 이어가고 싶지만 시작이 있으면 끝도 있는 법이지."

"마치 나를 마음대로 끝낼 수 있는 것처럼 말을 하는군. 조금 섭섭해지려고 하는데."

"아니라고 생각하나? 그렇다면 좀 더 마왕의 힘을 보여주도록 하지."

사아아!

전투가 이어질수록 슈크라인의 전신에 서린 사이안 기운은 점점 크기를 더해 나가고 있었다. 그것은 주변 일대를 마계화 시키는 것은 물론, 클레디오 백작에게도 영향을 끼치고 있었다.

마족을 제외한 다른 생명체라면 마계의 환경에 제대로 적응하는 것조차 힘들다. 그런 점에서 그의 기운은 클레디오 백작의 힘을 깎아놓기에 부족함이 없다.

적어도 그는 그렇게 생각하고 있었다.

하지만 실상은 달랐다.

슈크라인의 기운이 강해질수록 클레디오 백작은 점점 기운을 차렸다.

처음에는 이유를 몰랐다.

그러나 시간이 흐를수록 왜 그런 것인지 조금씩 이해가 되었다.

바로 카를렌스가 남긴 힘이다.

소멸했지만 정신체만 사라졌기에 그의 힘은 고스란히 클레디오 백작의 몸에 남았고, 이따금 기억에 없는 다른 기억이 스쳐 지나가고는 했다.

그것은 육체에 새겨진 기억.

블랙 드래곤의 지배자인 카를렌스의 잔재가 클레디오 백작에게 남아 있던 것이다.

지금 현상도 한 번도 겪어본 적 없지만 카를렌스의 경험에는 있었다. 그래서 왜 더 강해지는 것인지 알고 있었고, 그의 힘이 자신에게 귀속될수록 더 강한 힘을 얻게 된다는 걸 깨달았다.

'드래곤 하트의 힘이면… 지금은 가능하다.'

머릿속으로만 생각했던 비기가 머릿속을 스쳐 지나갔다.

몸을 되찾고 나서 이론으로만 가능하다고 여겼던 자신의 비기.

의식이 정해지는 순간, 몸은 그에 따라 자연스럽게 반응을 했다. 체내에 존재하는 드래곤 하트는 단숨에 전력으로 움직여서 모든 힘을 끌어모아 검에 집중하기 시작했다.

우웅! 우우웅!

수용의 한계에 다다른 검이 거세게 떨리면서 요동쳤다. 그것은 검과 검을 맞대는 슈크라인이 가장 먼저 파악했다. 감당하기 힘들 만큼 강렬한 힘의 잔재를 느낀 그는 짙은 비웃음을 지었다.

"마지막 발악을 하나?"

감당하지 못할 힘은 독이다.

상황이 불리하게 돌아가는 것을 느낀 클레디오 백작의 발악이라 여긴 그는 여유를 되찾아가고 있었다.

하지만 그 기운이 점점 크기를 더해가고, 자신이 겪어본 것과 흡사하다는 걸 느낀 순간 슈크라인의 표정이 경직되기 시작했다.

콰우우우우!

거센 드래곤의 포효!

그것은 클레디오 백작이 입에서 터뜨린 것이 아니다. 고도로 응집된 힘이 검에 서리면서 검명이 울려 퍼진 것이다. 하지만 그 형태는 일반적인 것과 달리 드래곤 피어와 흡사했다.

"설마……."

마왕의 불행 예측은 예지와도 같았다. 전신에 느껴지는 서늘함에 한 걸음 뒤로 물러나는 순간, 클레디오 백작의 검에서 폭발적인 힘이 뿜어져 날아들었다.

쫘아아아아앙!

힘의 반동을 이겨내지 못한 클레디오 백작이 십여 미터 넘게 뒤로 밀려났다가 그대로 바닥에 뒹굴고 있는 모습이 눈에 들어왔다.

하지만 슈크라인은 그것에 신경을 쓸 수 없었다. 정확히 자신을 향해 쏘아지는 힘은 존재마저 지워 버릴 수 있는 거대한 힘이라는 걸 깨달은 것이다.

쾅!

자리에 멈춰 선 슈크라인은 타워 실드를 땅에 박아 넣었다. 그리고 한 번도 발휘하지 않던 권능을 실현했다.

우웅! 파아앗!

어둠의 마나가 타워 실드 표면에 서리면서 주변 전체를 뒤덮었다. 그것은 순식간에 세 바퀴를 두르고, 거대한 방패 형태를 형성하였다.

그리고 두 힘이 허공에서 충돌했다.

펑! 퍼버벙! 퍼버버벙!

파괴하려는 자와 막으려는 자.

두 거대한 힘은 치열한 공방전을 벌이면서 팽팽히 맞서 나갔다.

슈크라인의 권능 중 하나인 이것은 모든 힘을 상쇄하는 다크 실드(Dark Shield)라는 것으로, 단 한 번에 한해 모든 걸 막아낼 수 있는 권능이다.

하지만 이것은 자신보다 강한 마황과 마신에게는 무용지물이다. 비슷한 반열의 마왕에게 절대적인 위력을 발휘하지만 지금은 상황이 달랐다.

왜냐하면 모든 힘을 가지고 중간계에 현신한 것이 아니기 때문이다.

마계에서 지닌 힘 그대로를 지니고 복귀했다면 모르겠지만 약 70퍼센트의 힘만을 가지고 강림한 상태에서 발현되는 권능은 실재한 것보다 훨씬 약했다.

틱! 티디딕!

그것 때문일까.

권능이 발현된 다크 실드에 조금씩 금이 가기 시작했다.

그에 반해 공격해 오는 힘은 여전히 건재한 상태.

슈크라인의 표정이 조금씩 일그러졌다.

그리고 집요하게 이어지던 공방 끝에 다크 실드가 파괴되는 순간, 공격해 오는 힘의 크기도 현저하게 줄어들어 있었다.

"크!"

권능이 사라지는 충격이 만만치 않기에 억눌린 신음과 함께 뒤로 물러났다. 그리고 다크 실드가 사라진 타워 실드로 공격을 막아냈다.

투우우웅!

둔중한 소리와 함께 계속해서 밀려나는 슈크라인의 몸. 딛고 있는 지면이 움푹움푹 파이고 있었지만 계속 물러나며 힘을 상쇄하고자 했다. 마침내 모든 힘의 여파를 해소했을 때는 삼십여 미터나 밀려난 상태였다.

너덜너덜해진 타워 실드를 치운 슈크라인의 눈은 차갑게 가라앉아 있었다.

방금 전 비기는 마왕인 그조차도 제대로 견뎌낼 수 있는 공격이 아니었다.

"브레스라니……."

드래곤의 두 가지 권능 중 하나인 브레스(Breath).

그것은 도시 하나를 흔적도 없이 소멸시킬 수 있는 드래곤 최강의 권능이다.

용언과 함께 두 가지 권능 중 한 축을 차지하고 있는 브레스는 과거 중간계를 노린 마왕조차 소멸시킨 적 있는 절대적인 힘이다.

그걸 일개 인간이 지니고 있을 줄이야.

드래곤의 기운을 풀풀 풍기고 있는 건 느꼈지만 권능조차 지니고 있을 줄은 몰랐다.

"…더 싸울 수 있는 상태가 아니군."

자신의 몸 상태를 살핀 슈크라인은 고개를 절레절레 저었다. 다크 실드가 파괴되면서 육체에 커다란 충격이 새겨진 상황이었다. 이대로 전투를 치르면 눈앞의 상대를 죽일 수 있겠지만 자신의 타격 또한 커질 것이다.

그리 되면 얼마나 시간을 들여 회복을 해야 할지 감이 잡히지 않았다.

형형한 눈빛으로 검을 쥐고 있는 클레디오 백작을 보며 슈크라인이 가볍게 숨을 몰아쉬었다.

"후우! 오늘은 여기까지다."

"패배를 인정하는 건가?"

"그 몸을 가지고 내게 패배를 운운하다니, 우습다고 생각하지 않나?"

"검을 들 힘이 있는 한 나는 진 것이 아니다."

브레스를 시전한 여파가 만만치 않았기에 클레디오 백작의 몸도 너덜너덜해진 상태였다. 드래곤 하트라 최고조로 발휘되면서 육체 전체에 그 여파가 퍼진 것이다.

하지만 비장의 수가 성공하게 되자, 거대한 희열감과 함께 몇 시간은 더 전투를 치를 수 있을 것 같은 힘이 가득 넘쳐났다.

“네놈만 죽이면 중간계를 접수하는 건 어렵지 않을 것 같군.”

“나만 죽이면? 우습군, 너는 내가 인간 중에 최강이라 생각하나?”

“최강이 아니라는 건가? 거짓도 우습… 진실이군.”

엘프처럼 진실의 눈을 지닌 것은 아니다. 하지만 인간의 진실과 거짓을 꿰뚫어 보는 것은 마왕에게 어렵지 않았다. 방금 전 클레디오 백작의 말이 진실이라는 깨닫는 순간 슈크라인은 입을 다물었다.

“네놈보다 강한 인간이 있다고?”

“있지만 알려주기는 싫군.”

“…오늘은 물러나겠다. 다음에 다시 붙어보도록 하지.”

“네놈이 그걸 원한다면.”

이곳을 지키는 것은 어디까지나 자신들이다. 슈크라인이 물러나는 것은 곧 수성의 성공을 의미하는 만큼 클레디오 백작은 뒤쫓을 생각을 버렸다.

오늘의 전투에서 얻은 무수히 많은 깨달음을 한시라도 빠르게 자신의 것으로 만들고 싶은 생각이 머릿속에 가득했다.

클레디오 백작이 허락이 떨어지자, 슈크라인은 몸을 돌려 자리를 벗어났다. 그가 시야에서 사라질 때까지 꼿꼿한 자세로 검을 들고 있었다.

슈크라인이 사라졌지만 한동안 누구도 다가오지 않았다. 그렇게 십여 분의 시간이 흘렀을 무렵, 클레디오 백작의 곁으로 마블론이 조심스럽게 다가왔다.

그는 넝마가 된 클레디오 백작을 보며 조심스럽게 질문을 던졌다.

"괜찮으십니까?"

"마왕은 사라졌나?"

"예, 다른 기운이 느껴지지 않습니다."

"그렇… 군. 그럼 날 치료하도록……."

힘들게 말을 이어나가던 클레디오 백작의 몸이 그대로 무너져 내렸다.

이미 힘든 기색이 역력한 얼굴에서 한계라는 걸 알아차린 마블론은 무너지는 그의 몸을 받아들며 대답했다.

"수고하셨습니다. 푹 쉬시길."

마왕 강림!

소문이 퍼지는 것은 순식간이었다.

이미 제국의 모든 시선은 노이벨류 강을 향하고 있었다.

두 거대 가문을 물리친 헤셀 백작가와 아이주 지방과 노이안 지방을 차지한 로운 후작가와의 대결!

남부와 동부의 실력자인 가문의 충돌은 수많은 화제를 낳기에 부족함이 없었다.

특히 곡창지대인 노이안 지방의 탈환을 놓고 수많은 사람이 향후 제국의 패권이 어디로 향할 것인가를 전망했다.

최대 세력인 윈스터 후작가는 두 후계자가 나란히 패하면서 후계 다툼이 본격적으로 수면 위에 떠올랐고, 레디븐 백작가는 패배 책임으로 한동안 근신하는 모습을 보였기 때문이다.

노이안 지방을 차지한 로운 후작가가 승리하게 되면 중부와 동부의 진출로를 얻은 로운 후작가의 성세가 커질 것은 불 보듯 뻔했다. 전체적인 규모에서 윈스터 후작가 부럽지 않은 거대한 영토를 손에 넣게 되는 것이다.

헤셀 백작가가 승리하게 되면 세 곳의 세력을 물리치면서 거대한 성과를 얻게 된다. 뿐만 아니라, 사기가 치솟아 어느 한 곳을 공략해도 충분한 성과를 얻을 수 있으리라.

그리고 이어진 첫 충돌에서 웃은 건 로운 후작가였다.

철저하게 준비해온 마블론의 노림수가 먹혀들면서 헤셀 백작가는 십만의 사상자를 냈다.

그럼에도 대치 상황을 유지하면서 호시탐탐 기회를 노렸다.

그러던 중 벌어진 클레디오 백작과 슈크라인의 대결!

인간의 한계를 벗어난 두 존재의 대결은 전 제국에 퍼져 나갔다.

제국 귀족들을 경악케 한 것은 헤셀 백작 측에 있던 마왕의 존재였다.

이미 윈스터 후작가, 레디븐 백작가를 물리치면서 헤셀 백작이 흑마법을 사용한다는 사실이 암암리에 퍼져 나가고 있었다.

하지만 그걸 뛰어넘어 마왕이 헤셀 백작가 측에 존재한다는 것은 큰 충격을 주기에 부족함이 없었다.

예로부터 마왕을 소환한 이는 전 대륙의 공적이 되고는 했다.

마왕의 존재는 대륙 모든 생명체의 안위를 위협할 만큼 위험하기 때문이다.

자연히 헤셀 백작을 성토하는 목소리가 높아지기 시작했지만 바뀌는 것은 아무것도 없었다.

현재 헤셀 백작을 공격할 수 있는 윈스터 후작과 레디븐 백작이 군을 움직일 수 없는 상황이기 때문이다.

두 가문이 움츠러드니 자연히 대항마가 된 것은 로운 후작가였다.

하지만 그들이 얼마나 버텨낼 수 있을지 여부에 대해서는 의문부호였다.

절대강자가 셋이나 모여 있지만 상대는 마왕이다.

클레디오 백작이 물리쳤다고 하나, 멀쩡한 마왕과 달리 그는 전투 이후 쓰러졌다는 소문이 사방에서 퍼지고 있는 상황이었다.

직접 군을 동원하기는 힘들고, 그렇다고 방관할 수도 없는 상황.

군을 동원할 수 없다면 남은 것은 간접적인 지원이었다.

마블론은 곳곳에서 들려오는 소식에 반색했다.

"도움을 주겠다고?"

"군수품과 군량을 지원해 주겠다는 소식입니다."

"나쁘지 않군, 마왕과 전투를 한다는 명목이 있으니 최대한 받아내도록."

"예!"

헤인조 지방과 아이주 지방에서 지원해야 한다는 부담감에 시달리던 마블론에게는 희소식이었다.

어느 순간 로운 후작군은 마왕과 싸우는 용사로 묘사되고 있었다.

제6장

금단의 사랑

졸지에 공공연한 공적으로 전락한 헤셀 백작의 표정은 구겨진 채 펴질 줄 몰랐다.

암암리에 따돌려지고 있는 상황에서 마왕을 소환한 주적으로 몰리게 되면 더 이상 자신이 자립할 수 있는 여건은 사라진 것과 다를 바 없던 것이다.

자연히 그의 분노는 장담만 해놓고 일처리를 제대로 하지 못한 슈크라인에게 향했다.

"이걸 어떻게 할 생각이냐!"

"확실히 중간계에는 변수가 존재하더군. 그 변수가 아니었으면 지금쯤 내 뜻대로 되었을 텐데 말이지."

"마왕이 일개 인간도 뜻대로 하지 못한 변명이 고작 그거란 말인가."

"어쩔 수 없지 않나? 인간의 수준이 그동안 이렇게 높아졌을 줄 몰랐으니까."

"이, 이! 쓸모없는 놈이……."

"쓸모없는 놈이라?"

"컥! 케켁!"

웃고 있던 슈크라인이 표정을 굳히며 손을 뻗어 헤셀 백작의 목을 틀어쥐었다. 숨통이 막힌 그의 얼굴이 하얗게 탈색되며 바동거렸다.

"그동안 예의를 차려주었더니 주제를 모르고 날뛰는 녀석이 많군. 그렇게 생각하지 않나?"

"커, 커어어."

뭐라고 말을 하려고 해도 무의미한 몸짓일 뿐이었다. 빠르게 핏기가 사라지면서 두 눈을 뒤집기 시작했다.

재미있다는 눈으로 그를 바라보던 슈크라인이 쥐고 있던 손을 풀었다. 그대로 허물어진 헤셀 백작은 거칠게 숨을 몰아쉬었다.

"허억! 헉! 헉!"

"제 주제를 파악했으면 좋겠군, 인간."

"네, 네놈이……."

위아래를 명확하게 구분하는 행동이었지만 하늘처럼 높은 헤셀 백작의 자존심은 여전히 굽혀지지 않았다. 두 눈 가득한 독기를 보며 슈크라인이 유쾌하게 웃었다.

"그래, 이 정도 위협에 굴복하지 않는 모습을 보여야 재미가 있지. 금세 굴복하고 꼬리를 살랑거리면 너무 시시하지 않은가, 후후!"

짙은 비웃음속에서 머릿속이 차가워진 헤셀 백작은 슈크라인의 의도를 꿰뚫어 보았다.

"처음부터 날 이렇게 옥죌 생각이었군."

"그럴 리가."

어깨를 으쓱이며 부인하지만 적극적이지는 않았다. 그제야 자신이 당했다는 것을 알아차린 헤셀 백작은 눈을 지그시 감았다.

처음부터 마왕과 손을 잡았다는 것 자체가 도박이었다. 그 도박에서 절체절명의 위기를 빠져나올 수 있었지만 이제 그가 없이는 위기를 넘길 수 없는 처지로 전락했다.

"네놈이 원하는 건 뭐지?"

"지금 이대로 날 보조하는 것 정도? 그 이상 원하지 않으니."

"처음부터 이용하는 수단에 불과했군. 내가 평생도록 일궈온 모든 것이……."

지금 상황에서 슈크라인은 조용히 사라져도 잃는 것이 아무것도 없다. 반면 헤셀 백작은 마왕을 소환한 제국 공공의 적으로 남게 된다. 저항하면 모든 것이 파괴되고, 저항하지 않아도 모든 걸 잃는 건 마찬가지다.

결과는 모든 것을 잃는 파멸.

그것을 알고 있지만 슈크라인을 저버릴 수 없는 것이 현재 상황이었다.

"자세히 말해라, 네놈이 원하는 걸."

"상황 이해가 빠르군?"

"이대로 무너지는 건 원하지 않으니까. 대신 네놈은 절대 벗어날 수 없다."

"후후, 재미있군. 좋아, 어디 한번 해보지."

끝까지 자신과 가문의 안위를 확보하려는 행동에 슈크라인은 웃었다.

이러한 인간의 욕심을 이용하는 것은 너무 쉬운 일이라고 생각하며.

전마왕 슈크라인의 등장은 제국을 발칵 뒤집어놓았지만 로운 후작가는 그리 큰 충격을 받지 않았다.

소식을 전해 받은 티엘은 별거 아닌 기색으로 전달 받았다.

"흠, 무승부라고? 클레디오 백작도 제법이군. 무승부일 줄은 몰랐는데."

"주군께서는 처음부터 알고 계셨던 것입니까?"

"그럼 내가 농담을 하는 줄 알았나?"

티엘의 물음에 토릭슨은 머뭇거리다가 대답했다.

"그건 아니지만 그래도 비현실적인 내용이어서 반신반의했던 것은 사실입니다."

차마 믿지 못했다고 말할 수는 없었기에 어색한 웃음을 짓는 그였다.

"그럴 테지, 마왕의 존재라는 건 쉽게 믿을 수 있는 게 아니니."

"그렇습니다. 저는 마왕이 세상에 존재하는 줄 몰랐습니다."

"이야기꾼이 만들어내기에는 너무나도 많은 이야기가 나왔다."

"그렇죠, 하하!"

"주군! 그럼 클레디오 백작님이 마왕을 감당하지 못할 거라 생각하신 겁니까?"

궁지에 몰린 토릭슨을 구원하기 위해 제이론이 클레디오 백작에 대해 물었다.

"물론이다. 인간이 마왕을 상대한다는 것 자체가 무모한 상상 아닌가?"

"그야 그렇습니다만……."

티엘의 말은 지극히 당연했다. 옛이야기에서나 인간 용사가 이종족 동료를 모아 마왕을 물리쳤지, 현실에서 마왕은 대부분 중간계의 수호자라 자처하는 드래곤이 물리쳤다.

인간보다 상위 종족인 마족 중에서도 정점인 마왕을 일개 인간이 감당하기에는 무리인 점이 너무나 많았다.

하지만 지금 이곳에 있는 책사들은 티엘이 마왕마저도 개 패듯이 패버릴 수 있을지 모른다고 생각했다.

클레디오 백작이 마왕을 물리쳤다는 건 그보다 더 강한 그가 마왕을 제거할 수 있다는 단순 비교로 나오는 결론이었으니까.

"마왕이 강림했으니 경계해야 하는 것 아닙니까?"

"경계는 해야겠지. 그런다고 완전히 막아낼 수 있을 것 같나?"

"그건 아닙니다만, 확실하게 경계를 하는 것이 좋다고 생각합니다."

"그것도 그렇군. 한 번이야 막아냈지만 그다음은 힘들 테니."

"클레디오 백작님을 말씀하시는 건지?"

"맞다. 보이지 않은 비기들을 꺼내면서 의외성으로 타격을 줬지만 이제 그것도 먹히지 않을 테니까."

"……."

인간 입장에서 암담한 말임에도 불구하고 티엘이 말하는 걸 보면 마치 앞마당 산책 나가는 것처럼 태연했다.

"주군께서는 마왕을 물리칠 수 있습니까?"

결국 치솟는 호기심을 억누르지 못하고 클리멘트 남작이 질문을 던졌다.

순간 분위기가 경직되었다. 그것은 자칫 티엘의 자존심을 깎아놓는 질문이 될 수도 있었다.

"무리라고 생각하나?"

"통상적으로 인간이 마왕을 감당하는 것이 불가능하다는 건 알고 있습니다. 하지만 주군이시면 왠지 가능할 것 같습니다."

"가능하다. 클레디오 백작도 막아냈는데 내가 불가능할까."

대수롭지 않게 말을 하지만 그것은 책사들에게 신뢰감을 불어 넣어주었다.

신기했다. 저렇게 성의 없이 말하는데 사람의 마음에 신뢰를 줄 수 있다니.

"그럼 마왕을 제거하셔야 되지 않습니까?"

토릭슨의 의견은 정론이고, 누구나 고개를 끄덕거릴 법했다. 하지만 그 이야기를 듣는 티엘은 시큰둥하게 대답했다.

"좀 더 기다릴 생각이다."

"예? 설마……."

마왕을 제거하는 것마저 귀찮음을 토로할 수 있는 인물이 티엘이기에 토릭슨은 조마조마한 심정으로 그를 바라보았다. 만약 마왕 제거마저 귀찮게 여긴다면 더 이상 구제의 여지가 없는 인간이었다.

"각 가문에서 본가에게 지원을 해준다고 하지 않나?"

"그렇습니다만."

"그럼 받아낼 수 있는 건 최선을 다해 받아내야겠지."

"……."

설마 더 받아내는 걸 그런 식으로 활용할 줄이야. 이곳에 있는 책사들이 모두 마왕에게 정신이 팔려 생각하지 못한 부분이었다.

"걸핏하면 요구하도록. 마왕의 군대가 거세게 공격을 하니 힘들다고. 지원을 받아낼 만큼 받아내면 그다음에 제거해야겠지."

태연하게 삥을 뜯으라는 모습을 보면 길거리에서 양아치가 선량한 사람의 돈을 빼앗아가는 것과 다를 바가 없었다.

순간, 티엘이 길거리에서 사람의 돈을 뜯는 모습이 떠오른 세 책사는 고분고분 고개를 끄덕일 수밖에 없었다.

회의를 마친 뒤, 티엘이 밖으로 나가고 세 사람만 남았다. 그들은 방금 전 받은 충격으로 인해 아무런 말도 하지 못했다.

그중 조용히 듣고 있던 제이론이 조심스럽게 말문을 열었다.

"저는 주군께서 마왕조차 가볍게 볼 줄은 몰랐습니다."

"정말 이해가 되지 않는 인간… 아니, 주군이지. 마왕이 강림하면 대륙이 멸망하고 아니고를 걱정해야 하는데 마왕이 강림했으니 다른 가문에 보급품이나 더 뜯어내… 원조해 달라고 요구한다니. 이게 이해가 되나?"

"하지만 주군이 하신 말이기에 이해가 되지 않습니까?"

"하하!"

클리멘트 남작의 말에 웃음을 터뜨리는 두 사람이었다.

그의 말처럼 티엘이 말한 것이기에 모든 걸 납득할 수 있었다.

마왕조차 가볍게 보는 눈. 그리고 상황을 조종하는 것은 누구도 해내지 못하는 신기였다.

"그럼 전장은 이대로 유지해야 합니까?"

"아무래도 그래야 할 듯싶은데."

"허 참, 클레디오 백작님의 부상도 크다고 들었는데 이대로 가는 게 맞는 일일지."

"우리야 시키는 대로 해야 하지 않겠습니까? 아니면 주군에게 무슨 소리를 들으려고?"

"……."

폐부를 찌르는 토릭슨의 한마디에 모두 고개를 끄덕였다.

일단은 하라는 대로 해야 적어도 할 말은 있는 법이었다.

육체 재구성 단계를 거친 로즈는 모든 시간을 수련에 할애하여 힘을 다스리는 데 집중하기 시작했다.

미의 정령과 계약하여 모든 힘을 정제하였으니, 행동과 자태에서 남녀를 매혹하는 절대적인 아름다움이 느껴졌다.

아버지인 카본 대공마저 그녀를 보고 마음이 흔들리는 것을 느꼈으니 그 아름다움이 얼마나 대단한지 반증하는 바였다.

이미 저택 내에서는 아름다워진 그녀의 미모로 떠들썩한 상태였다. 제국사대미녀 중 한 사람인 그녀를 이제는 제국제일미녀로 칭해야 한다는 말이 나올 정도였다.

매일 수련의 연속이던 어느 날, 카본 대공이 그녀를 불렀다.

서재 안으로 들어서니 그녀를 보고 흠칫한 카본 대공은 이내 표정을 풀며 그녀를 맞이했다.

"어서 와라, 로즈야."

"네, 아버님."

[당신 아버지의 마인드 컨트롤이 놀라운데요? 부녀지간을 잊게 만들 미모를 저렇게 쉽게 극복하다니, 오히려 제가 섭섭한 걸요?]

'이상한 말 하지 마.'

한마디로 율리아를 조용히 시킨 로즈는 조용히 카본 대공을 불렀다. 오늘 자신을 부른 것이 그인 만큼 용건도 그가 꺼내 들 것이었다.

"음! 요즘 수련에 집중하고 있다는 말을 들었다."

"육체 재구성을 거치면서 힘을 제 의지로 다스리지 못하고 있다는 걸 알게 되었어요. 그래서 온전히 제 힘으로 두기 위해 노력 중이에요."

"좋은 각오다. 그 정도 수련은 거쳐야 진정한 힘이 되기 마련이지."

가벼운 안부로 말을 꺼낸 카본 대공은 여러 가지 신변잡기로 로즈와 대화를 나누었다. 그러면서 점차 그녀를 예전처럼 편안하게 대했다. 아무리 아름다워도 결국 자신의 딸이고, 그 사실 하나만큼은 변하지 않는다는 걸 깨달은 듯했다.

"흠! 그럼 널 부른 이유를 말하마."

"네."

"폐하께서 널 보고 싶어 하신다."

"저를요?"

"그래, 요즘 폐하의 상황이 조금씩 나아지고 계신다. 예전처럼 꼭두각시가 아니라 제국의 황제 역할을 착실히 해내고 계시지. 그게 여유를 낳고, 사촌인 네 얼굴을 본 지 오래되었다고 생각하셨나 보더구나. 그래서 이번 생일 파티에 나와 너를 초대했다."

"……."

로즈는 아무런 대답도 하지 않았다. 카본 대공도 그녀가 생각이 필요하다는 걸 알고 있는지 생각할 시간을 주고 기다렸다.

"아버님의 생각은 어떤가요?"

"네 생각부터 말해봐라."

"저는 아무래도 상관이 없어요. 사촌 동생인 폐하께서 절 보고 싶어 하시니 황실 가족 입장에서 뵙는 건 당연하다고 생각해요. 만약 제가 가지 않는 게 밝혀지면 폐하께 누가 되고요. 아버님께서 결정해 주셨으면 좋겠어요."

모든 결정을 맡기는 태도에 카본 대공의 얼굴에 당혹스러움이 번져 나갔다.

잠시 침묵하던 그는 결심을 굳힌 듯 어렵게 말을 꺼내 들었다.

"나는 네가 황궁에 방문하지 않았으면 좋겠다."

"왜죠?"

"네가 육체 재구성을 겪으면서 너무 아름다워져서다."

[후훗! 상황을 정확하게 보고 계신 걸요?]

웃음을 짓는 율리아의 말을 한 귀로 듣고 흘리면서 카본 대공을 빤히 바라보았다.

설명을 요구하는 빛에 카본 대공은 한숨을 푹 내쉬었다.

"후우! 부끄럽지만 네가 육체 재구성을 겪고 나도 한동안 마음이 심란했다. 그것이 나쁜 감정이 아니란 건 네게 맹세할 수 있다. 하지만 가족이자, 로드의 경지에 다다른 나도 이런데 폐하나 다른 이들이 보면 어떻겠느냐? 자칫 큰 혼란이 벌어질 수 있는 걸 사전에 막고 싶다."

'그렇게 생각해?'

[물론이랍니다. 제가 말하지 않았던가요? 예전에 제 미모를 탐낸 왕국들이 전쟁을 벌였다는 것을. 미모 하나만으로 대륙 전쟁을 일으키게 만든 것이 바로 저랍니다. 지금의 로즈도 충분히 그 정도 미모를 지니고 있고요.]

"……."

확신이 담긴 말에 로즈는 아무 말도 하지 않은 채 침묵했다.

카본 대공은 초조함이 담긴 눈으로 조용히 그녀의 대답을 기다렸다.

"저는 여전히 로운 후작님을 좋아해요."

"…그러냐."

한순간 못마땅한 감정이 스쳐 지나갔지만 로즈는 개의치 않았다. 그리고 자신이 하고 싶은 말을 차분히 이어나갔다.

"이곳에 와서 수련을 한 것도 다시 그에게 돌아가고 싶은 마음 때문이었어요. 이런 상황에서 괜한 분란을 자초하는 건 좋지 않다고 생각해요."

"맞다. 그럼……."

"하지만 폐하를 뵙겠어요."

자신의 생각과 정반대의 결정에 카본 대공이 미간에 주름을 잡았다.

"어째서냐."

"피한다고 해서 해결될 일이 아니라는 걸 알고 있으니까요. 저는 황제 폐하가 여자의 미모에 현혹될 거라 생각지 않아요."

"폐하가 미모에 현혹되지 않는다면 로운 후작도 현혹되지 않을 거라고 생각하느냐?"

로즈의 말에 담긴 모순을 정확하게 짚어내는 그였다. 그녀도 그 부분을 부인하지 않아도 자신의 생각을 털어놓았다.

"저는 미모로 그를 유혹할 생각이 없어요. 미모는 그에게 다가가기 위한 수단 중 하나일 뿐, 저는 그에게 대결을 요청

할 생각이에요."

공식적으로 황도에 등장해서 더 아름다워진 자신의 미모를 세상에 알릴 생각이었다.

티엘이 여자의 얼굴에 현혹되는 인물은 아니지만 휘황찬란한 수식어를 얻게 된다면 한 번쯤이나마 자신을 생각하게 되는 계기가 될 수 있다고 생각했다.

하지만 말을 받아들이는 카본 대공에게는 가볍지 않았다.

"대결을? 설마……."

"네, 그를 꺾고 절 부인으로 맞아달라고 할 거예요."

"허, 허허!"

황당하기 그지없는 그녀의 말에 카본 대공은 허탈한 웃음이 흘러나왔다. 더 우스운 것은 그녀가 진심으로 말하고 있다는 점이다.

제국 최강의 수식어를 얻은 그를 꺾을 수 있다고 생각한단 말인가?

그와 겨뤄본 카본 대공 입장에서는 절대 불가능한 말이었다.

"로운 후작은 제국 최강이다. 그런 그를 꺾겠다는 게 말이 된다고 생각하나?"

"불가능하다고 생각하시나 봐요."

"당연하다, 부끄러워 말을 하지 않았지만 이 아비가 겪은 그의 힘은 이미 인간의 한계를 아득히 뛰어넘었다는 것이다. 네가 육체 재구성을 겪었다고 해도 그를 꺾을 수는 없어."

[궁금한 걸요? 당신의 아버지도 이미 인간의 한계를 뛰어넘은 초인의 영역에 발을 디뎠는데 이 정도로 극찬을 하다니. 혹시 인간이 아닐 거란 생각은 해보셨나요? 요즘 드래곤들이 인간으로 변신해서 유희를 하는 게 유행이라고 하는데…….]

"저는 가능하다고 생각해요."

온전히 정령력을 얻고 로드의 경지에 올라선 카본 대공도 그런 생각을 했었다.

하지만 로운 후작은 이미 절대강자의 경지마저도 넘어선 초인이었다. 딸이 다시 한 번 상처를 받는 꼴을 두고 볼 수 없었던 카본 대공은 초강수를 두었다.

"아무래도 네게 모든 것을 맡기려고 했지만 이대로 두고 볼 수 없겠다. 로운 후작에게 가고 싶다면 나를 먼저 꺾어라."

"아버님과 겨루지 않겠다면요?"

"절대 보내지 않겠다."

"알겠어요. 대신 좀 더 수련할 시간이 필요해요. 힘 조절이 되지 않으면 누군가가 다칠 수밖에 없으니까. 대신 폐하는 뵐게요. 저로 인해서 아버님이 곤란해지는 건 원하지 않아요."

자신을 배려해주는 딸아이의 말에 카본 대공은 마음이 약해지는 것을 느꼈지만 이를 악 물었다. 이대로 티엘에게 보낸다면 그녀의 마음속에 자리한 상처는 아물지 않고 흉터가 남게 될 것이다.

"…알았다."

레디븐 백작의 근신은 히드로 2세로 하여금 좀 더 폭 넓게 정사를 돌볼 수 있는 여유를 주었다.

스스로 권력을 움켜쥘 수 있게 되었지만 그는 레디븐 백작이 관여하는 선을 넘지 않았다.

그것은 당대 권력자를 존중하는 모습으로 보일 수 있었지만 실상은 달랐다.

기회가 생겼다고 선을 넘으면 남는 것은 대립밖에 없었다. 아직 힘이 부족한 그로서는 레디븐 백작을 자극하여 불리한 상황을 자초할 생각은 없었다.

"하브리스 공작님. 현재 정령의 힘을 얻은 기사는 몇입니까?"

"열다섯 명입니다. 죄송합니다, 폐하. 더 많은 인원에게 혜택을 주고 싶지만 폐하께만 맹목적인 충성을 바치는 이를 찾고 있습니다."

"열다섯 명이라, 공작님과 숙부님까지 열일곱 명이군요. 아주 만족스럽습니다. 예전보다 훨씬 나은 상황 아닙니까?

사과할 필요 없습니다."

"……."

하브리스 공작의 눈에 묘한 빛이 서렸다. 예전의 히드로 2세는 이렇게 의연한 태도를 보이지 않았다. 하지만 지금은 모든 것을 초탈한 것처럼 행동 하나하나에 여유가 넘쳐났다.

"그런 눈으로 보지 마십시오. 예전이라면 조급함을 느꼈겠지만 짐은 아직 젊고 시간은 많지요. 조금씩 힘을 쌓으면 강이 위에서 아래로 흐르는 것처럼 짐에게 모든 것이 돌아올 것입니다."

"현명하신 말씀입니다."

"그나저나 숙부님은 오랜만에 보는군요. 한동안 뵙지 않아서 이래저래 궁금했는데."

"로드의 경지에 올라섰고, 잦은 방문이 폐하께 누가 될 수 있다고 했습니다. 폐하를 위한 충신의 행동이니 이해해 주시지요."

"탓하는 건 아닙니다. 다만 짐에게 이런 희망을 안겨준 숙부님을 자주 볼 수 없는 것이 안타까울 뿐입니다."

제국의 숨은 검이지만 그의 진실한 정체를 아는 이는 채 다섯이 되지 않았다.

황제의 숙부이지만 모두에게 잊혀진 존재, 그가 바로 카본 대공이었다.

자신에게 희망을 준 그가 이런 대우를 받는 것이 용납할 수 없던 히드로 2세였고, 그래서 이번에 열리는 자신의 생일 파티에 그를 초대한 것이다.

"로즈 누나를 본 것도 오래전이고 말입니다."

"허허! 그렇지요."

예전부터 아름답던 로즈와 많은 대화를 나누던 히드로 2세의 모습을 떠올린 하브리스 공작이 고개를 끄덕였다.

의연해진 모습과 달리 기댈 공간이 필요한 히드로 2세에게 있어 로즈의 존재는 버팀목이 되어줄 수 있다는 생각이 머릿속을 스쳤다.

"그나저나 레디븐 백작은 참가하지 않는 것입니까?"

"전쟁에 대한 책임을 지고 싶다고 합니다. 그의 제안을 받아들이는 것이 좋다고 생각합니다."

황제의 생일 파티에 참가하지 않는 것은 불경 중 불경이었지만 전쟁 패배의 책임을 지고 근신하는 레디븐 백작에게 있어서 별수 없는 일이었다. 충분히 책을 잡을 수 있었지만 히드로 2세는 대수롭지 않게 고개를 끄덕였다.

"그렇다면 어쩔 수 없겠지. 푹 쉬고 제국을 위해 힘을 보태달라고 하세요."

"예, 폐하."

"파티 준비는 잘되고 있습니까?"

"순조롭게 되고 있지만, 폐하의 생일 파티를 이렇게 축소하는 것은……."

"마왕이 강림하고 제국 전체가 긴장에 휩싸여 있습니다. 역사에 남을 폭군이 되기 싫으니 이 정도가 적당하지요. 예정대로 진행할 겁니다."

"명을 받듭니다."

말은 그렇게 했지만 히드로 2세의 판단이 훌륭하다고 생각하는 하브리스 공작이었다.

"그럼 가볼까요, 구심점이 사라진 귀족들이 어떻게 생각하고 있는지."

미소를 지은 히드로 2세가 생일 파티장으로 향했다.

레디븐 백작이라는 권력의 구심점이 사라진 귀족들이 어떻게 야합하는지 지켜보기 위해.

히드로 2세의 생일을 축하하기 위한 자리였지만 파티장은 이미 정치적 색을 띤 사교장이 된지 오래였다.

허수아비 황제를 두고 레디븐 백작을 필두로 귀족들은 짜임새 있게 권력을 차지하고 있었다. 전쟁에서 패배를 겪어 입지가 흔들렸지만 심복이 권력을 쥐고 있기에 흔들림은 없었다.

그리고 어떻게든 주류에 편입되기 위해 외부로 밀려난 귀족들이 서로 눈치를 보며 서로 모여들고 흩어지길 반복하고 있었다.

복잡한 권력 싸움!

그것이 가져다주는 달콤함을 만끽하고자 귀족들은 탐욕스러운 눈으로 주변을 둘러보았다.

"재미있군요. 조금이라도 권력을 갖기 위해 힘쓰는 모습이."

"……."

곁에 선 하브리스 공작은 차갑게 가라앉은 눈으로 귀족들을 바라보고 있었다.

제국의 지배자인 황제 폐하에게는 별다른 공경을 보이지 않은 채 권력을 쥔 이들에게 허리를 굽신거리는 귀족들의 모습은 역겹기 그지없었다.

하지만 이어진 히드로 2세의 말을 듣고 하브리스 공작은 기겁했다.

"다른 사람이 보면 짐의 모습도 저들과 다르지 않을 것 같은데, 어떻습니까?"

"절대 그렇지 않습니다, 폐하."

"짐은 비슷하다고 생각합니다. 저들의 목적이 권력인 것처럼 짐도 권력을 갖기 위해 힘을 기르는 것이지요. 그러니 큰 관점에서 저들과 짐은 다르지 않습니다."

"폐하께서는 원래 갖고 계시던 권력을 찾는 것뿐입니다. 절대 저들과 비교될 수 있는 수준이 아닙니다. 그런 말씀은 하시면 안 됩니다. 폐하는 제국의 지배자이자, 태양이십니다."

행여나 지친 히드로 2세가 모든 것을 포기할까 싶어 하브리스 공작은 속사포처럼 간언을 올렸다.

"하하! 이래서는 농담도 하기 힘들군요. 말은 이렇게 했지만 절대 권력을 놓칠 생각은 없습니다. 짐의 것을 되찾는 것이니 말이죠."

"훌륭하십니다."

"오히려 한심하죠. 짐의 것을 이제야 찾겠다고 하는 거니까. 그동안 정신을 차리지 못한 걸 오히려 책임져야 한다고 생각합니다."

자조 섞인 목소리로 그렇게 말을 하지만 하브리스 공작은 그 말에 동의할 생각이 없었다.

"모든 것은 권력을 탐낸 간신들의 탓입니다. 그들은 폐하의 체면을 조금도 고려하지 않았으며, 권력을 자기 사리사욕 채우기에 급급했습니다. 폐하께서는 책임을 잊는 것이 아니라 이제야 책임을 질 수 있는 힘을 지니게 된 것입니다."

"감사합니다, 공작님이 있으니 짐이 이렇게 힘을 낼 수 있는 것 같습니다."

“언제든지 하명하십시오. 저는 폐하의 입이 되고 귀가 되고 눈이 되겠습니다.”

“충성 서약은 그만하시고, 이제부터 손님이 올 것이니 그들을 맞이할 준비를 합시다.”

다시 자세를 고친 히드로 2세는 예의 별 생각이 없어 보이는 모습으로 돌아왔다.

충분한 힘을 기르기 위해서는 귀족들에게 이 모습을 보여주어야 했다.

그 모습이 안타까운 하브리스 공작이었지만 다른 수는 없었다.

‘언젠가는 반드시…….’

히드로 2세의 힘이 되기 위해 자신이 노력해야 한다는 사실을 실감한 그는 주먹을 꽉 움켜쥐었다.

본격적인 파티 시작이 되자, 귀족들은 한 사람씩 선물을 바치기 시작했다.

선물 내용물을 살핀 뒤, 히드로 2세는 만족의 미소와 함께 수고했다는 치하를 한다.

예전에는 황제의 마음에 드는 선물을 바치면 그에 걸맞는 하사품을 내렸지만 꼭두각시로 전락한 뒤 사라진 지 오래였다. 귀족들도 그것을 기대하지 않는지, 적당히 값이 나가는 선물만 바칠 뿐이었다.

선물을 받는 과정은 동일하게 이루어지다 보니 히드로 2세는 기계적으로 물건을 받고, 수고했다는 말을 반복했다.

그러다 어느 한곳에서 웅성거리는 소리가 들려왔다. 뒤에선 하브리스 공작의 기운이 서늘해지는 것을 보아 소란이 달갑지 않게 여기는 듯했다.

하지만 시간이 흘러도 소란은 여전했고, 대체 무슨 사단이 벌어진지 모르는 히드로 2세는 의아함을 담아 소란이 일어나는 곳에 시선을 옮겼다.

그리고 그는 뻣뻣하게 굳어버리고 말았다.

그곳에는 미의 여신이 있었다.

특별할 치장이 없는 푸른 드레스를 입고 있었음에도 드레스가 그녀의 미모를 전혀 받쳐주지 못하고 있던 것이다.

그녀가 걸치고 있는 드레스와 장신구 하나하나가 격에 어울리지 않는 느낌.

모든 것을 압도하는 절대적인 아름다움을 발산하는 여인이 카본 대공 옆에서 사뿐사뿐한 걸음으로 다가오고 있었다.

그것만으로 그녀의 정체가 무엇인지 유추하는 것은 어렵지 않았다. 주변의 소란이 커져가는 것이 귓가를 파고들었지만 히돌 2세는 전혀 개의치 않은 채 앞에 도착한 여인을 바라보았다.

"로즈 누님……."

"오랜만에 뵈어요, 폐하."

무표정하던 로즈는 히드로 2세를 향해 살짝 미소를 지으며 예를 취했다.

그녀의 손동작 하나에 깃든 우아함과 아름다움에 귀족들은 탄성을 터뜨렸다. 다분히 무례한 행동이었지만 누구도 그들을 탓하지 않았다.

그만큼 눈앞에 서 있는 로즈의 미모는 압도적 그 자체였다.

"초대는 했지만 직접 올 줄 몰랐습니다."

"폐하의 초대니까요. 황도에 머무는 이상 당연히 응해야 한다고 생각해요."

"……."

이 감정은 뭘까.

제국의 일원으로 임해야 할 일을 했다는 것을 듣고 히드로 2세는 가슴 한구석이 쓰려오는 것을 느꼈다.

그 감정의 정체가 무엇인지 알지 못했다.

하지만 분명한 것은 자신 앞에 서 있는 로즈를 보며 기이한 감정을 느끼고 있다는 점이다.

'참아라, 참아야 한다.'

잠시 눈을 감고 치명적인 아름다움을 발산하는 로즈의 모습을 잊기 위해 노력했다. 그럴수록 그녀의 자태는 뇌리 깊숙

한 곳에 박혀들고 있었다.

한동안 심호흡을 한 히드로 2세는 겉으로 드러나는 반응을 지워낼 수 있었다.

"누님이 준비한 선물이 무엇인지 궁금합니다."

"특별할 건 없는데……."

"그래도 기대가 되는군요."

물건이 특별하지 않더라도 이미 특별한 것은 그녀였다. 기대감 섞인 히드로 2세의 태도에 로즈는 미소를 지으며 카본 대공이 준비한 선물을 대령했다.

숱한 선물 중 하나인 명검이었지만 히드로 2세는 그것을 직접 뽑아 들며 만족감을 표했다.

"마음에 드는 선물입니다."

"마음에 드셔서 다행이에요. 감사드려요, 폐하."

"아닙니다, 누님. 오랜만에 이렇게 보니 좋군요."

시간 여건상 오랫동안 대화를 이어나갈 수 없었다. 다음 귀족이 기다리고 있다 보니 카본 대공과 로즈를 예를 취한 뒤 물러났다.

그 모습을 바라보는 히드로 2세는 마음이 불편해지는 것을 느꼈지만 선물을 준비한 귀족이 다가오는 것을 보고 의례적인 예를 취해야 했다.

선물 증정식이 모두 끝나고 본격적인 파티가 시작되었다.

오늘의 주인공은 히드로 2세였지만 황제의 지위와 체면을 고려하면 가장 상석에서 지켜보는 것만 할 뿐, 다른 것은 할 수 없었다.

그러다 보니 히드로 2세는 상석에서 파티가 어떻게 돌아가는지 지켜볼 수밖에 없었다.

본래대로라면 조금 자리를 지키다가 조용히 돌아갈 생각이었다. 하지만 지금은 그렇지 않았다. 그의 시선은 시선을 잡아 끌던 로즈에게 향해 있었다.

아니나 다를까 꽃이 아름다우면 벌이 꼬이는 것처럼 그녀 주변에 무수히 많은 귀족 자제가 접근하고 있었다. 뿐만 아니라 카본 대공에게도 귀족들이 접근했다.

이미 혼기를 놓친 것으로 평가되는 로즈였지만 그녀의 아름다움은 그것을 잊게 만들기 충분했다.

제국사대미녀 중 가장 존재감이 없고, 미모로 처진다는 소문이 돌던 로즈였지만 오늘 사교계의 복귀는 그런 소문을 말끔히 지워내기에 부족함이 없었다.

무엇보다 지금도 그녀에게 다가간 귀족 자제들이 주변 공기에 억눌려 말 한마디 제대로 못 붙이고 있는 상황이 아닌가.

그럼에도 그녀에게 접근하는 귀족 자제들의 행태가 마음에 들지 않는 히드로 2세였다.

"폐하, 불편하신 게 있는지?"

"아니, 아무것도 아닙니다."

하브리스 공작의 물음에 고개를 저은 히드로 2세는 로즈를 빤히 바라보았다.

가슴속에 일어나는 불길.

그리고 기이한 감정.

억누르기 힘든 것을 느낀 히드로 2세는 눈을 지그시 감았다가 입술을 질끈 깨문 뒤 자리에서 일어났다.

파티장을 벗어날 때까지 그의 머릿속에 남던 것은 자신을 향해 미소 짓던 로즈의 모습이었다.

히드로 2세의 생일 파티는 패전으로 인해 규모가 축소되었지만 커다란 소문을 낳았다.

그 중심에는 카본 대공의 딸이자 제국사대미녀 중 하나인 로즈가 있었다.

절대미녀!

검사에게 있다면 절대적인 아름다움을 지닌 미인이 있으니 그것이 바로 로즈란 뜻이었다.

제국사대미녀 중 가장 존재감이 없던 그녀였지만 오랫동안 떠나 있던 사교계에 복귀하는 순간 그런 말은 온데간데없이 사라졌다.

시선을 뗄 수 없게 만드는 우아함은 어떠한 여인도 흉내 낼 수 없었고, 주변 공기를 짓누르는 분위기는 자부심이 대단한 귀족 청년들이 말조차 붙이지 못하게 만들었다.

이미 제국사대미녀 중 셋이 로운 후작에게 시집을 가면서 홀로 남은 로즈는 혼기가 지난 여인으로 취급받았지만 생일 파티에 모습을 드러낸 이후에 카본 대공에게 혼담이 쇄도하기 시작했다.

졸지에 골머리를 앓게 된 카본 대공은 미소 짓고 있는 로즈를 보며 미간에 주름을 잡았다.

"네가 원한 게 무엇이냐?"

"궁금했어요. 제 미모가 어떤 파장을 만들어낼 수 있을지."

"그래서 지금 만족하는 게냐?"

"네, 저도 이 정도일 줄은 몰랐네요."

[알고 있었으면서…….]

'한번 겪어보지 않으면 정확하게 알 수 없으니까.'

[하긴, 앞으로 차차 적응될 거예요. 그럼 좀 더 완벽한 절대미녀의 흉내를 낼 수 있겠죠.]

'그런 말 하지 마.'

[후후후!]

이번 사교계 복귀로 얻은 절대미녀라는 별명은 아직 익숙

하지 않은 로즈였다. 그저 호기심으로 나간 자리에서 얻은 것인 만큼 그런 별명은 부담스러웠다.

"앞으로 어떻게 할 생각이고?"

"저번에 말했던 것처럼 수련에 집중할 생각이에요. 아버님을 뛰어넘기 위해서 제 힘을 제 것으로 만드는 시간이 필요하니까."

"…정말 로운 후작 그 녀석에게 갈 생각이냐?"

"네."

"좋다, 네가 그렇게 말하니 나도 받아들이겠다. 대신 조건을 거마. 앞으로 세 달. 그 기간 안에 내게 도전을 해라. 그 기간 안에 도전하지 않으면 내 말을 따르겠다고 약속하고. 어떻게 하겠느냐?"

"받아들이겠어요."

"그럼 기다리마."

카본 대공은 촉박한 기간을 제시함으로써 그녀가 다급함을 느끼도록 만들었다. 자신의 의도가 먹혀들지는 몰랐지만 수련을 한 지 얼마 되지 않는 그녀가 자신을 꺾을 가능성은 희박했다.

방으로 돌아가는 그녀의 머릿속으로 율리아의 속삭임이 전해졌다.

[자신 있으신가요?]

"없다면 말도 꺼내지 않았어."

[그렇죠? 후훗! 앞으로 세 달 동안 제가 최대한 도와드릴게요.]

"부탁할게."

온전히 힘을 다루는 것을 위해서는 율리아의 협력이 꼭 필요했다.

히드로 2세는 요 며칠 동안 정사를 제대로 펼치지 못할 만큼 혼란스러워했다.

자꾸 머릿속으로 며칠 전 보았던 사촌 누님의 모습이 떠올랐던 것이다.

"로즈 누님, 로즈 누님……."

그녀에게 특별한 감정을 느꼈던 적은 없다. 어린 시절 보았을 때도 아름답기는 했지만 사촌 누님이었고, 그 후에도 그 생각은 바뀌지 않았다. 제국사대미녀의 자리를 차지했을 때도 좋은 혼처가 생기면 좋은 남자에게 시집가서 행복하게 살았으면 하는 생각이 전부였다.

하지만 며칠 전 보고 그 생각이 흔들리고 있었다.

갖고 싶다.

그녀를 향한 자신의 마음이었다.

좌중을 압도하고, 아리따운 귀족 영애들을 지워내는 미모는 인간의 것이라 평가하기 부끄러울 정도였다.

아름답고 아름다우며, 또 아름답다.

로즈를 향한 수식어는 어떠한 단어를 동원해도 부족하다는 생각뿐이었다.

"가능하다. 가능하지만……."

제국의 황족은 사촌끼리도 결혼이 가능하다. 혈통을 보전하기 위한 방법 중 하나였는데, 기형으로 태어난 황족이 많아짐에 따라 점차 금기시되고 있었다.

즉, 로즈와 혼인을 해도 손가락질 당할 것은 없다는 것이다.

"숙부님을 완전히 끌어들이기 위한 방법으로 적합하다."

핑계에 불과하다는 것은 스스로도 잘 알고 있다. 하지만 카본 대공을 끌어들일 수 있는 가장 확실한 방법이라고 세뇌했다.

그녀에 대해 더 알고 싶고, 대화를 나누고 싶었다. 그렇게 시작된 조사는 자세한 근황을 알게 되면서 히드로 2세의 표정을 굳게 만들었다.

"그렇게 그자가 좋은 것입니까?"

로즈가 로운 후작에게 매몰차게 거부당했다는 것은 알고 있다.

이 사실이 세간에 알려지면서 귀족들은 로운 후작을 욕했다. 절대적인 아름다움을 가진 그녀를 거절한 행태가 이해할 수 없던 것이다.

하지만 더 충격적인 것은 그런 대접을 받았음에도 로즈의 머릿속에는 오직 로운 후작밖에 없다는 점이다.

다시 로운 후작가로 찾아갈 거란 말을 들은 히드로 2세는 주먹을 쥐었다.

이 모든 것이 자신의 부족함이고, 힘이 부족해서란 생각이 들었다.

당대 최고의 권력자가 누구냐고 묻는다면 레디븐 백작가를 꼽겠지만 개인과 세력을 꼽으면 사람들은 십중팔구는 로운 후작가를 꼽는다.

제국 최강의 무위와 두 명의 절대강자를 보유한 로운 후작가는 윈스터 후작가만큼 남부에서 세력을 떨치는 실력가였다.

황제의 자리를 차지하고 있지만 자신은 그보다 한참 모자랐다.

나이나 무력이나, 일궈낸 세력이나 모두.

제국의 주인이자 지배자라 불리는 황제임에도 모든 것이 부족했다.

그것은 스스로에 대한 열등감을 낳았고, 티엘에 대한 분노를 낳았다.

"반드시 권력을 얻을 것이다. 그리고 로즈 누님을 내 것으로 만들겠다."

주먹을 움켜쥔 히드로 2세는 다짐했다.

자신이 반드시 권력을 움켜쥐어야 한다는 결심을 갖게 된 채.

제7장

권력의 화신

로웰린이 돌아온 뒤, 가문은 커다란 잡음 없이 잘 흘러가기 시작했다.

한 차례 방황을 한 뒤인지 몰라도 로웰린은 크레티아나 카롤리나에게 헌신적으로 대하는 모습을 보여주었다.

레이든을 잘 보살펴 주었으며, 곧 출산을 앞둔 카롤리나의 건강을 각별히 챙겼다.

이렇듯 가문의 평화를 위해 노력하는 모습이 티엘의 눈에 띄었다.

그래서 고마움을 담아 그녀와 함께 도시를 누비며 데이트를 즐기고는 했다.

로웰린도 티엘이 자신을 이렇게 배려해 준다는 사실에 기뻐하며 데이트에 임하고는 했다.

오늘은 가문에서 준비한 음식을 가지고 강변으로 소풍을 갔다. 맛있는 음식을 차려놓은 티엘은 로웰린과 같이 저녁 식사를 즐겼다.

"소문 들으셨어요?"

"무슨 소문?"

갑작스러운 소문 언급에 티엘의 얼굴에 의아함이 번져 나갔다. 자신을 바라보는 로웰린의 눈빛이 묘하다는 걸 느낀 것이다.

"로즈 공녀에 대한 소문이에요."

"로즈 공녀? 무슨 일이 있나?"

매몰차게 저버렸던 만큼 일말의 미안함은 있었지만 그녀를 위한 최선의 결정이라고 생각했다. 그래서 그녀에 대한 생각을 잊고, 다른 말도 하지 않았다.

"로즈 공녀가 이번에 사교계에 복귀했다고 해요. 그런데 그녀의 미모가 너무 아름다워서 파티에 참석한 모든 남자가 상사병에 걸렸다고 해요."

"아름답기는 하지만 그 정도인가?"

로즈의 얼굴을 떠올린 티엘의 얼굴에 의아함이 서렸다.

제국사대미녀 개개인은 분명 대단한 미모를 지니고 있지만 그중 셋을 부인으로 맞이한 그에게 있어 로즈의 미모는 그 정도로 대단하지 않았다.

"무언가 변화가 있다고 해요."

"변해봤자겠지. 내 앞에 제국사대미녀 중 한 명이 아름다운 미소를 짓고 있는데 부러워할 이유가 있나?"

"그런 달콤한 말을 예전부터 해주셨으면 좋았을 텐데."

그럼 자신이 그렇게 마음고생할 일도 없었을 텐데. 식사를 하다가 샐쭉한 표정을 지었지만 티엘의 표정은 담담하기만 했다.

"노력 중이니 앞으로 더 자주하게 될 거다."

"그럼 기대해 볼게요."

둘의 저녁 식사는 오래 이어지지는 않았다. 소소한 잡담을 주고받았지만 나갔다가 돌아온 시간은 약 두 시간여에 그쳤다.

짧은 데이트가 끝날 때마다 로웰린은 아쉬움을 느끼고는 했다.

조금 더 그를 독점하고 사랑을 속삭이고 싶은데, 그것이 자신의 욕심이라는 걸 잘 알고 있다. 가문 안에는 육아 부담을 느끼고 있는 크레티아와 출산 예정인 카롤리나가 있었으니까.

'차라리 이게 다행일지도.'

사랑하는 남자를 독점하고 싶은 것은 그녀도 마찬가지였다. 하지만 요즘은 부인이 여럿이라는 게 다행이란 생각을 하곤 한다.

자신이 품기에 그는 너무나 큰 사람이었고, 혼자서는 감당하기 힘들다는 생각이 들었다. 하지만 그를 모시는 부인이 여럿이니 함께 의지도 하고 때로는 험담을 하기도 하면서 의지할 수 있었다.

언제 그 모든 것이 힘들었냐는 듯 요즘은 모든 게 만족스럽기만 했다.

행복, 이렇게 이어지는 일상이 가져다주는 감정이 바로 그것이다.

이대로 이런 날들이 이어지면 좋겠다는 생각이 그녀의 머릿속에 가득했다.

생일 파티 참가 이후, 로즈에게 쏟아지는 초대장은 그야 말로 범람하고 있었다.

누구의 생일 파티부터 시작해서, 사교 파티와, 모임까지, 하루에 수십 개의 초대장이 카본 대공가 저택으로 날아들었다.

로즈는 어떠한 초대에도 응하지 않았다. 지금 그녀에게 가장 중요한 것은 카본 대공을 꺾기 위한 수련이었다.

하지만 당대 최고의 권력자인 레디븐 백작의 초대는 거절하기 힘들었다.

그 사실을 전혀 모르고 있던 로즈는 하녀의 귀띔에 카본 대공이 거절을 고민하고 있다는 사실을 알게 되었다. 그리고 그의 서재로 찾아가 말했다.

"가겠어요."

"굳이 응할 필요는 없다."

"거절하면 아버님에게 정치적인 부담이 쌓인다는 걸 알고 있어요."

"누가 그런 말을 하는 것이냐! 내가 고작 레디븐 백작 따위에게 부담을 느낀다고?"

펄쩍 뛰는 카본 대공의 모습에 로즈가 조용히 고개를 저었다.

"원만하게 해결할 수 있는 일을 어렵게 해결할 필요가 없다고 생각하는 거예요. 저는 정말 괜찮으니 같이 가도록 해요."

"후우! 네게 미안하구나."

"미안할 것 없어요. 오히려 아버님에게 좋지 않겠어요? 파티에 참석하려면 며칠 준비해야 하니 수련 시간이 줄어드니까요."

"정말 내게 도전할 생각이더냐? 허허!"

"기다리고 계세요. 저는 진심이니까요."

"알았다."

진심으로 도전하겠다고 말을 하는 모습에 카본 대공은 웃음을 지었다.

로즈가 레디븐 백작의 생일 파티에 참석하게 된 것은 히드로 2세의 생일 파티가 열린 지 한 달여가 지난 후였다.

근신하고 있다고 하나, 황도 곳곳에 퍼진 귀가 사라지는 건 아니었다. 레디븐 백작은 제국사대미녀 중 한 사람인 로즈에 대한 소문을 수십 차례 접했다. 그래서 생일 파티 초대 목록에 없던 카본 대공과 그녀를 넣었다. 그리고 직접 보게 되는 순간, 소문이 얼마나 축소되어 있는지 알게 되었다.

"…정말 아름답군."

"과찬이세요."

살짝 고개를 숙이는 것과 흩날리는 머리, 입가에 맺힌 미소는 남자의 혼을 앗아가기 충분했다. 잠시 멍한 표정을 짓던 레디븐 백작은 날카로운 눈으로 바라보는 카본 대공에게 시선을 옮긴 뒤 사람 좋은 미소를 지어 보였다.

"하하! 와주셔서 감사합니다."

"초대해 줘서 고맙네."

"제국의 기둥인 대공 전하를 초대하는 건 당연한 일입니다. 성대하게 준비해 놓았으니 편히 즐기다 가시지요."

"그러지."

제국의 숨은 검인 카본 대공 입장에서 레디븐 백작은 달갑지 않은 인물이었다. 그러다 보니 그를 대하는 태도가 차가울 수밖에 없었다.

자리로 돌아가려는 카본 대공을 향해 레디븐 백작이 질문을 던졌다.

"로즈 공녀는 혼처가 정해졌습니까?"

"그걸 왜 묻나?"

"궁금해서 그렇지요."

"정해진 바는 없다. 괜히 다른 생각 말도록."

"무슨 말씀이신지 모르겠습니다."

어깨를 으쓱하며 딴청을 피우는 그였지만 두 눈에 스쳐 지나간 이채를 카본 대공은 놓치지 않았다.

그것이 무슨 의미인지 모를 카본 대공이 아니었다.

그의 얼굴이 처참함으로 구겨졌다.

'제기랄.'

제국의 국정을 좌지우지하는 레디븐 백작.

그가 로즈에게 눈독을 들이고 있다는 사실은 절대 좋지 못했다.

레디븐 백작이 로즈에게 눈독을 들이고 있다는 소식은 순식간에 황도에 퍼져 나갔다.

그에 따라 온갖 추측이 난무했다.

황도의 권력을 움켜쥐고 있는 레디븐 백작은 로즈의 남편감으로 손색이 없었다. 하지만 그는 이미 정실 부인을 포함해 일곱 명의 부인을 거느리고 있다. 황제의 사촌인 로즈를 첩으로 노리는 것은 가당치도 않은 사실이었다.

하지만 레디븐 백작은 여자를 밝히는 귀족 중 한 사람이었다. 자신에게 오는 여자를 마다하지 않고, 마음에 드는 여자는 반드시 손에 넣어야 직성이 풀렸다. 그의 눈에 당대 최고의 미녀라 불리는 로즈가 눈에 들어오는 것은 당연한 일이다.

걸림돌이라면 그녀가 카본 대공의 딸이란 점이었다.

당대 권력자인 자신의 위세를 신경 쓰지 않는 인물.

눈에 걸리지 않는다면 거짓이다.

허나, 그는 제국의 숨은 검이자 절대강자에 오른 강자였다. 자신의 뜻대로 움직일 수 없고, 황제에게 충성하기에 언젠가 길을 들여야 했다.

그런데 생각이 바뀌었다.

로즈라는 아름다운 딸이 있는 그를 적대한다는 건 있을 수 없는 일이다.

미래의 장인어른에게 그런 무례를 범할 수 없는 법이니까.

"반드시 손에 넣고 싶군."

간절한 바람이 담긴 중얼거림.

그것은 황도에 거대한 태풍을 일으킬 씨앗이 되었다.

꽈앙!

붉게 달아오른 얼굴로 탁자를 내리쳤다. 손이 부서지는 듯한 충격이 느껴졌지만 개의치 않고 여러 차례 탁자를 내리쳤다.

"폐하! 진정하십시오."

경악한 하브리스 공작이 말렸지만 개의치 않고 연이어 손을 내리쳤다. 손에서 느껴지던 통증은 어느새 사라져 있었고, 내리치는 걸 멈춘 히드로 2세는 자신의 손을 빤히 바라보았다.

붉게 피로 물든 모습은 방금 전 자신의 흥분을 드러내는 듯했다. 학대에 가까울 정도로 내리쳤지만 그의 표정은 펴지지 않았다.

"하브리스 공작."

"예, 폐하."

목소리에서 담긴 서늘함에 하브리스 공작이 고개를 깊게 숙이며 대답했다.

"짐이 이 제국의 황제가 맞습니까?"

"물론입니다!"

"공작은 그렇게 말을 하지만 세상은 짐을 허수아비 공작이라고 손가락질을 하겠지요. 그러면서 제국의 진정한 실세는 레디븐 백작이라고 말할 겁니다. 내 말이 틀립니까?"

"아닙니다, 폐하. 어찌 그런 말씀을."

"짐은 정확하게 상황을 주시하고 있습니다. 여태까지 애써 부인했지요. 조용히 힘을 기르고 때를 기다리면 짐의 세상이 찾아올 것이라고. 참고 인내하고 충신을 늘려 나가면 된다고 했습니다. 하지만 짐에게는 황제로서 막연한 목표에 지나지 않았습니다."

황제에 즉위하는 그 순간부터 허수아비에 불과했다. 황제가 지닌 권력이 어느 정도인지, 얼마나 대단한 힘을 발휘하는지 아는 바는 전무했다.

그저 주변 귀족들의 말을 들으면서 이래야 한다는 생각만 가졌을 뿐.

그래, 인정해야 했다. 막연하게 권력을 찾아오는 것, 그것이 히드로 2세의 인식이었다.

"이젠 다릅니다. 권력을 갖고 강해져야 할 이유가 짐에게 생겨났습니다."

피로 물든 손을 들어 보였다. 보기만 해도 섬뜩한 모습이었지만 하브리스 공작은 가슴이 거세게 뛰는 것을 느낄 수 있었다.

"신이 최선을 다해 보좌하겠습니다."

"지금부터 근위기사 포섭에 최선을 다하십시오. 명예를 원하는 자에게는 작위를, 금은보화를 원하는 자에게는 부를 주겠습니다."

"하, 하오나……."

여태까지와 전혀 다른 행보였다. 충성심이라는 것을 중심으로 최대한 인원을 판별하려던 하브리스 공작의 의도와는 정반대의 것이다.

하지만 히드로 2세는 냉정했다.

"어차피 기존의 자들이 사라지면 생기게 되는 공백입니다."

"…명을 받들겠습니다."

원하는 것을 전제로 포섭한다면 세력은 지금부터 빠르게 늘어날 것이다.

하브리스 공작도 이것이 쉽고 빠른 길임을 알고 있다.

그렇지만…….

'로즈가 계기가 되었단 말인가?

침묵을 지키지만 눈치가 없는 것이 아니다.

히드로 2세가 화를 낸 진정한 이유.

그것은 너무나도 위험하고, 제국의 분열을 초래할 수 있는 사안이었다.

'제국의 안녕을 위해 최선을 다하는 수밖에.'

"오랜만이군."

—아아, 그동안 잘 지냈나?

통신구 너머로 모습을 드러낸 클레디오 백작이 씩 미소를 지으며 자신감 넘치는 모습을 보였다.

"마왕을 막아냈다는 소식을 들었다."

—강하더군. 온몸에 전기가 찌릿찌릿 올라올 만큼 짜릿한 결전이었다.

당시의 기억을 떠올린 클레디오 백작이 가늘게 몸을 떨었다. 그 모습을 조용히 지켜보던 티엘이 질문을 던졌다.

"전력을 다했나?"

—실력을 발휘하는 데 애를 먹는 것 같더군.

"그쪽은?"

—사력을 다했지. 다음에 붙으면 행운이 발휘될 가능성은 없으니.

"오늘 연락한 건 지원 여부 때문이다. 도움이 필요하면 말하도록."

첫 대결에서 이득을 봤지만 다음번 대결에서 처음의 행운이 발동된다는 보장은 없었다. 오히려 클레디오 백작이 지닌 패를 알게 되었으니 선전할 가능성은 더 줄어들었다고 봐도 무방했다.

—괜찮다, 열세라는 건 알고 있어도 최선을 다해 부딪쳐야겠지.

"그렇군."

클레디오 백작의 패배는 곧 오만의 군이 위험에 처한다는 걸 의미했지만 그 이면에 존재하는 자신감을 읽어낼 수 있었다.

"짧은 시간 깨달음을 얻었고, 곧장 적용을 시킨다라, 마왕을 상대로 얼마나 큰 힘을 발휘할 수 있을지 이쪽에서 기대하며 지켜보도록 하지."

—실망시키지 않겠다.

그것으로 통신은 끝났다. 잠잠해진 통신구를 바라보며 티엘은 중얼거렸다.

"마왕에게 깨져도 사력을 다해 막아설 테니 어떤 결과가 나올지 기다려 봐야겠군."

마왕의 존재를 확인한 뒤, 가문 내에서 많은 회의가 있었다.

세간에서는 로운 후작가를 마왕에 대적하는 용사의 가문으로 표현하고 있었지만 상대하는 입장에서는 결코 간과할 수 없었다.

다른 것도 아닌 마왕이었다. 대륙을 멸망으로 몰아넣을 수 있는 존재의 감안은 첫 전투를 승리로 이끌었다고 해도 안심을 할 만큼 호락호락하지 않았다.

만약 다음 전투에서 클레디오 백작이 패한다면?

노이안 지방에 주둔하고 있는 군은 그대로 전멸이다.

그렇기에 군사부에서는 긴 토론 끝에 티엘이 직접 노이안 지방으로 향하도록 부탁했다.

그와 클레디오 백작의 합공이라면 능히 마왕을 무찌를 수 있다고 하면서.

하지만 티엘은 이 제안을 클레디오 백작의 선택으로 넘겼다.

마왕과의 일전은 그로 하여금 많은 깨달음을 가져다주고, 더 강해질 수 있는 계기였다. 드래곤의 힘을 지닌 만큼 쉽게 죽지 않을 걸 알고 있었기에 귀찮은 일은 클레디오 백작에게 맡길 생각이었다.

아니나 다를까 클레디오 백작의 선택은 혼자서 상대하는 것이었다.

일이 이렇게 흘러갈 것을 아마 다른 이들도 알고 있었으리라.

“다른 이들은 그렇게 생각하지 않으려나.”

이번 전쟁은 로운 후작가 입장에서 명운을 걸었다고 해도 과언이 아니었다.

자칫 잘못해서 미끄러지기라도 하면 가문의 가세가 기우는 일이었으니까.

군사부에서는 티엘이 직접 움직여서 최대한 손실을 막아주길 간절히 원하고 있었다.

물론 티엘의 생각과는 달랐지만 말이다.

"아내의 출산과 마왕의 위협이라, 대륙의 안위가 개인사에 좌지우지 되는 건가?"

스스로 생각해도 우스운 일이기에 티엘은 낮게 웃음을 흘렸다.

그의 이러한 결정은 가문 내에 큰 반향을 일으키기에 부족함이 없었다.

가문의 성세를 좌지우지하는 상황에 직면해 있다. 자칫 전쟁에서 패배하면 가세가 기우는 것은 피할 수 없고, 전력을 복구하려면 긴 시간을 할애해야 한다.

이런 상황에서 적이 마왕이라는 것은 부담이 갈 수밖에 없었다.

가신들은 모두 티엘이 직접 나서주길 원하는 상황에서 아무런 일이 없는 것처럼 태연하게 지내고 있으니 의아함과 불안함을 느낄 수밖에 없었다.

"괜찮으세요?"

"괜찮지 않을 이유는 없지 않나."

"가문 내에서 말이 많아요."

로웰린의 염려 섞인 말에 티엘이 피식 웃으며 되물었다.

"내가 가정을 지키는 것 때문에 말인가?"

"네……."

"사람에게는 각자 우선 순위가 존재하는 법이지. 현재 상황에서 마왕은 클레디오 백작이 감당할 수 있다. 다른 녀석들은 불안함을 느끼고 있어도 어느 정도 막아내는 건 충분히 가능한 일이니까. 그에 반해 출산을 앞둔 부인의 곁을 지켜주는 건 지금밖에 불가능하지."

티엘의 말을 들은 로웰린의 표정은 혼란으로 휩싸여 있었다. 고개를 절레절레 저은 그녀는 복잡한 지금의 심경을 털어놓았다.

"저는 잘 모르겠어요."

"뭘 모른다는 거지?"

"저는 옹졸한 여자라서 후작님이 지금 말씀하시는 게 감동이 돼요. 부인을 위해 곁을 지켜주는 건 아무나 할 수 없는 일이니까. 하지만 대국적인 시점에서 보면 이것은 모두의 목숨을 건 도박이기도 해요. 저는 이게 이해가 되기도 하고, 동시에 착잡하기도 해요. 왜 이러는 건지는 몰라도……."

"당연한 반응이다. 자기 자신의 입장을 생각하면 그런 말이 나올 수밖에. 훗날 대륙인들이 내 결정을 알면 분노할 수도 있겠지. 하지만 이것이 내 입장이다."

"괜찮으신가요?"

"괜찮지 않을 것도 없지. 애당초 출산을 앞둔 부인의 곁을 지켜주지 않으면 살아가는 내내 바가지를 긁힌다고 하던데 아니었나?"

"네? 그건 모르겠는데, 설마 그 이유 때문에……."

로웰린의 얼굴에 서린 것은 혹시나 하는 의구심이었다.

"그런 셈이지."

"하아! 이럴 때는 정말 이해하지 못하겠어요."

대륙의 운명이 달린 일을 앞에 두고 부인의 바가지를 염려해서 이런 결정을 내리다니.

역시 그답다고 해야 하나, 아니면 어색하다고 말을 해야 하나.

어색한 미소를 지은 로웰린은 고개를 절레절레 저어 보일 뿐이었다.

태풍처럼 모습을 드러낸 로웰린의 존재감이 황도를 뒤덮기 시작하면서 권력의 변방 취급을 당하던 카본 대공이 주목을 받기 시작했다.

세간에서는 황제의 숙부 자리를 제외하고 내세울 것이 없는 그의 입장에서 딸로 부각된다는 사실이 마음에 들지 않았다.

"내가 살면서 딸 덕을 이렇게 보게 될 줄은 몰랐군."

"그게 마음에 들지 않는 것으로 보이는데."

"그렇게 보였다면 정답이군. 아주 마음에 들지 않아. 부나방처럼 달려드는 녀석들을 보면 짜증이 나는군."

"하하! 그러니 누가 그렇게 아름다운 딸을 두라고 했나. 나는 자네가 부럽군."

"부럽기는."

표정을 구기며 중얼거리는 카본 대공이지만 로즈의 미모를 칭찬하는 사실이 기분은 좋았는지 입가가 연신 씰룩이고 있었다.

"육체 재구성이었나."

"대단한 재능이지. 그렇게 가까이 두고도 꿰뚫어 보지 못하다니, 내 눈이 얼마나 헛된 것인지 깨닫게 된 셈이지."

"그렇게 되면 그 다음으로 자주 본 나는 뭐가 되나?"

"허허!"

갑자기 상승한 로즈의 미모 때문에 여러 가지로 말이 많았는데, 그녀의 기세가 남다른 것을 간파한 하브리스 공작은 그 사실을 꿰뚫어 보았다.

"다른 문제는 없고?"

"문제가 있다고 보는가? 모든 성취는 로즈의 노력으로 이뤄낸 것이네."

"그렇지만 너무 갑작스러우니 자세한 조사를 해야 한다고 보네."

"로즈는 내 딸이지, 절대 사특한 방법을 사용하지 않았다고 장담하지."

"……."

평소에는 냉정하기 그지없는 카본 대공의 억지에 하브리스 공작은 더 강하게 주장하기 어려웠다. 모든 일을 냉철하게 처리하는 그였지만 로즈가 관련되면 이렇게 생떼에 가까운 주장을 하기도 한다.

그도 자신의 모습을 모르지 않았다. 하지만 하나뿐인 딸과 관련된 일 앞에서는 감정적인 아버지가 되고는 했다.

"자네가 그렇게 말을 하니 더 얘기하기 어렵군. 믿도록 하겠네."

"이해해 줘서 고맙군. 주변에 폐가 되지 않도록 각별히 주의하겠다."

"그렇게 말해주면 고맙고, 우선 폐하께서 바뀐 방침을 자네가 어떻게 생각하는지 알 필요가 있을 것 같아서 찾아왔네."

하브리스 공작은 히드로 2세의 변경된 방침에 대해 언급했다. 이전까지 맹목적인 충성만을 검증했지만 목표 의식이 생긴 그는 더 빠른 속도로 세력을 충원하길 원했다.

로즈와 관련된 것 같다는 말을 언급하지 않았기에 전체적인 내용을 알지 못했지만 히드로 2세의 변화에 카본 대공은 표정을 굳혔다.

"마냥 좋게 여길 수 없는 문제로군."

"폐하께서 지시한 일이니 나는 따를 수밖에 없네. 자네가 나선다고 해도 폐하의 결심을 꺾는 것은 무리라고 보고."

이번 결심의 이면에는 로즈의 일이 연관되어 있고, 남자의 자존심이 걸려 있는 문제였다.

내심 그녀를 마음에 두고 있던 히드로 2세는 레디븐 백작의 행동을 보면서 자신의 것을 탐하는 것처럼 여겼고, 여태껏 느꼈던 것과 비교할 수 없는 커다란 분노를 발산했다.

'만약 사실을 알게 되면 어찌 될지 모르겠군.'

지금은 언급하지 않았지만 카본 대공이 나서면 히드로 2세가 로즈에게 좋아하는 감정을 품었다는 걸 알아차리게 될 것이다.

그때가 되면 지금처럼 전폭적인 지원을 보낼까?

그 부분에 대해서 하브리스 공작은 의문 부호를 지워 버릴 수 없었다.

"그럼 내가 해야 할 일은 뭐지?"

"자네는 조금 떨어진 곳에서 상황을 지켜봐 주게. 그리고 폐하와 내가 잘못된 행보를 지적해 줬으면 좋겠군."

지금은 조금이라도 멀리 떨어뜨려 놓는 것이 최선이었다.

최대한 늦게 알 수 있도록.

히드로 2세가 로즈를 사랑하게 된 것을 알게 되면 어떤 사단이 벌어질지 장담할 수 없었다.

"네가 그렇게 말한다면 따르도록 하지."

"고맙다."

이번의 감사 표현은 진심이 담긴 것.

하브리스 공작은 솔직한 감정을 담았지만 그를 바라보는 마음은 복잡했다.

조나단 스터프는 제국의 근위기사다.

황제를 호위하고 황궁을 보호하는 최강의 기사단.

상징성만으로 좌중을 압도할 수 있는 근위기사단은 제국 최강이자, 자존심이다.

하지만 그 자존심이 예전 같지 않다는 말이 나오고는 했다.

제국의 분열. 그것은 황제의 권력 축소를 의미했고, 근위기사단의 존재감이 사라지는 것은 당연한 수순이었다.

몰락 귀족 출신으로, 노력과 정치적인 줄타기로 근위기사단에 들어온 조나단에게 청천벽력과도 같은 사실이 아닐 수 없었다.

다행히 황도를 수호한다는 위명이 존재했기에 여러 곳에서 달콤한 제안이 들어왔고, 그것을 적절하게 조율하면서 이익을 취하며 재산을 키워 나갔다.

주변의 유혹에도 불구하고 근위기사단이 분열하지 않을 수 있던 것은 근위기사단장인 하브리스 공작의 강렬한 존재감이 한몫을 했다.

제국의 충신이자 절대강자인 그의 존재는 모든 근위기사의 귀감이었고, 이익에 밝은 조나단마저도 하브리스 공작만큼은 진심으로 존경했다.

권력은 영원할 수 없음일까.

영원할 것 같던 리그디스 공작이 클레디오 백작에게 목숨을 잃었고, 천생무골인 클레디오 백작이 권력을 틀어쥐면서 황도는 소란에 잠겼다.

직접 나서면 권력을 쥘 수 있음에도 하브리스 공작은 침묵했고, 근위기사들은 저마다 이익에 편승하여 정치적인 역량을 간접적으로 발휘하였다.

조나단도 마찬가지였고 그것은 레디븐 백작이 등장할 때까지 이어졌다.

황제를 존중하는 레디븐 백작에 이르러서는 히드로 2세도 조금씩 제 목소리를 낼 수 있게 되었다. 이것이 기회이자, 위기일 수도 있다는 걸 알고 있었기에 조나단은 촉각을 기울이며 상황을 주시했다.

그리고 조금씩 근위기사단 내로 소문이 퍼져 나가기 시작했다.

카본 대공이 제국의 숨은 검이라는 소문과, 하브리스 공작이 충성심이 검증된 몇몇 이에게 경악할 만한 힘을 안겨주었다는 점이다.

충성심이 가장 먼저라는 점에서 조나단은 그 대상에 속할 수 없었다. 제국에 대한 충성심은 검증이 되었지만 그보다 앞선 것은 자신의 사리사욕이기 때문이다.

그렇기에 우선 순위에서 밀려 손가락만 빨고 있는 나날이 이어졌다.

소문은 소문일 뿐이라는 생각도 해봤지만 어느 날, 동료였던 마이어가 홀연히 사라졌다.

성실하기로 기사단 내에서 세 손가락 안에 드는 녀석이었기에 조나단은 의아한 마음을 감추지 못했으나, 하브리스 공작은 개인 임무를 맡겼다는 말만 할 뿐이다.

하지만 그것이 거짓이라는 걸 조나단은 누구보다 잘 알고 있었다.

자신의 정보망은 근위기사단 내를 훤히 꿰뚫고 있었으니까.

그렇게 의문이 이어질 무렵, 사라진 지 보름이 지나고 마이어가 모습을 드러냈다.

처음에는 반가운 마음으로 다가갔지만, 얼마 지나지 않아 마이어가 바뀌었다는 걸 깨닫게 되었다.

우선 전과 기질 자체가 달랐다.

마이어의 무위는 자신보다 약간 처지는 수준이었다. 근위기사단 내에서도 중하위권에 속하는 마이어였지만 충성심만큼은 제일이라고 해도 모자람이 없었다.

그런 그와 대련을 하는 순간, 조나단은 하늘이 무너지는 것이 어떤 건지 깨닫게 되었다.

굳건한 그의 방어는 산처럼 거대하고, 바위처럼 단단했다. 도저히 부술 수 없을 거란 절망감에 휩싸인 조나단은 근위기사단 내에서 도는 소문이 사실임을 깨달을 수 있었다.

황제에게 충성을 바친 자에게 주어지는 '특권'이 있음을.

마이어의 힘은 일반적인 마나 형태와 달랐고, 구사하는 검술 또한 이전과 확연한 차이가 발생했다.

그것이 더 의외성이 존재했고, 대응하는 것도 어려움을 겪었다.

마치 마법처럼 자유자재로 다루는 힘의 존재는 조나단에게 경이 그 자체였다.

모든 정보망을 동원한 조나단은 하브리스 공작이 충성심

높은 소수의 근위기사에게 혜택을 베풀고 있다는 것을 알 수 있었다.

그 길로 그는 하브리스 공작을 찾았다. 그리고 자신이 찾아낸 정보를 바탕으로 하브리스 공작에게 매달렸다.

하지만 돌아온 대답은 차가웠다.

"그대는 불가능하다."

"어째서입니까?"

"정녕 모른다고 할 수 있는가? 사리사욕에 빠진 그대가."

"……."

할 말이 없었다. 그동안 제 욕심을 차리면서 해왔던 모든 행동이 부메랑처럼 돌아왔음을 조나단은 깨달을 수 있었다.

허탈하고 의욕이 없었다. 개인의 영달을 위해서였지만 기본적으로 제국의 충성심이 검증되었기에 근위기사단에 들어올 수 있었다. 그마저도 부정당한 그의 존재는 더 이상 필요하지 않다는 것을 의미했다.

실의에 빠진 그를 향해 하브리스 공작의 제안이 들려왔다.

"근위기사단에 벗어나서 새롭게 편제될 기사단에 들어간다면 이야기는 달라진다."

"무슨 뜻입니까?"

"그대는 근위기사단에 있기에 너무 영리하다. 개인의 욕심이 많고, 하고자 하는 것도 많지. 그렇지 않은가?"

“그, 그건…….”

자신의 그간 행적을 정확하게 꿰뚫고 있는 그의 말에 조나단은 아무 말도 할 수 없었다. 나름대로 조심했다고 했던 것들이 적나라하게 드러나는 순간, 치밀어 오르는 부끄러움을 참을 수 없었다.

“관대하신 폐하께서는 모든 것을 용서하겠다고 하셨다. 조나단 경, 그대는 폐하의 은혜로운 제안을 받아들일 생각이 있는가?”

“제가 그 힘을 전수받을 수 있습니까.”

말을 하는 순간 조나단은 자신이 애당초 근위기사의 자격이 없음을 알 수 있었다. 황제에게 충성을 바치는 근위기사라면 이런 말조차 하지 않았을 테니까.

다행히 하브리스 공작은 기분 나쁜 기색을 드러내지 않았다.

“물론이네.”

“받아들이겠습니다.”

그것이 거래의 끝.

근위기사단을 탈퇴한 조나단은 비밀리에 히드로 2세의 직속 기사단으로 편입되었다.

이것이 정계에 얼마나 큰 파장을 일으킬지 그는 깨닫지 못했다.

모든 작업은 순조롭게 진행되었다.

기사의 맹세로 근위기사단 내부의 비밀이 새어나가는 일은 없었지만 이미 암암리에 새로운 힘에 대한 소문이 떠돌고 있었다.

그동안 수동적으로 임하던 하브리스 공작이 히드로 2세의 명령을 수행함에 따라 근위기사가 대거 새로운 기사단으로 편입되었다.

"공작님."

"예, 폐하."

"이 모든 일이 짐의 부덕이라 생각합니까?"

"그럴 리가 있겠습니까."

감정이 드러났음일까.

하브리스 공작은 평온한 어조로 부인했다. 히드로 2세 앞에서 감정적으로 대했던 적은 단 한 번도 존재하지 않았다.

"공작님이 부정적으로 생각하고 있는 건 알고 있습니다. 하지만 짐에게 이 방법이 최선의 것입니다."

"폐하께 충성을 바치는 이들이 많습니다. 그들만으로도 충분히 가능하다고 생각됩니다."

끝까지 감정을 드러내지 않던 하브리스 공작이 처음으로 말을 건넸다. 그 태도는 조심스럽기 그지없어 히드로 2세는 살짝 미소를 지었다.

"알고 있습니다. 하지만 짐에게 지금 가장 필요한 것은 시간입니다. 빠른 속도로 강한 힘을 손에 쥐고 누구도 넘볼 수 없는 권력을 쥐는 것! 그것이 짐이 해야만 하는 일입니다."

"폐하, 정도가 아닌 길은 결국 부작용을 낳게 마련입니다. 정녕 이 길을 가셔야겠습니까?"

"……."

정면으로 반박하는 하브리스 공작의 모습은 단 한 번도 본 적이 없었다. 그의 두 눈을 본 히드로 2세의 눈가가 파르르 떨렸다.

마치 모든 것을 꿰뚫고 있는 듯한 눈빛. 그것은 자신이 품고 있는 감정을 정확하게 파악하고 있다는 것을 의미했다.

"무슨 생각으로 그런 말을 하는지 알겠습니다. 확실히 주변에서 보기에는 그런 생각이 들 수밖에. 아니, 한심하게 여겨주지는 않으니 오히려 다행으로 생각되는군요."

"폐하……."

"본 그대로입니다. 짐은 사촌 누님인 로즈에게 특별한 감정을 느끼고 있습니다."

"이것은 카본 대공이 쉬이 넘기지 않을 것입니다."

"알고 있습니다. 아마 짐에 대한 지지를 철회할 수 있는 일임을 알 수 있습니다. 그럼에도 해야만 합니다."

군은 각오가 떠오른 눈을 보며 하브리스 공작은 고개를 절레절레 저었다.

무슨 이유로 히드로 2세가 이렇게 고집을 부리는 것인지 이해하기 힘들었다.

사랑이라는 감정이 제국을 혼란으로 몰아넣을 만큼 커다란 사안이란 말인가?

그동안 수동적으로 움직이던 히드로 2세의 적극적인 움직임은 마치 권력을 탐하던 리그디스 공작의 행보와 비슷해 보여서 마음에 걸리게 만들었다.

"로즈 누님에 대한 사랑이 짐을 변하게 만들었습니다. 그동안 꾹꾹 억누르기만 하던 감정을 다스리고 더 많은 것을 원하게 되었습니다. 짐은 그동안 이러한 계기를 기다리고 있었습니다. 더 적극적으로, 황제의 권위를 바탕으로 한 절대적인 권력을 움켜쥘 수 있는 마음이 서길!"

"폐하께서는 지금의 이 길이 옳다고 보시는 것입니까?"

"옳지 않다고 생각했다면 처음부터 명령을 내리지 않았을 겁니다."

그 길의 끝이 설령 파멸일지라도 히드로 2세의 기세는 굳건하기만 했다. 흔들리지 않는 굳건한 모습은 권력의 화신처럼 보였지만 오히려 그것이 제국의 지배자로 어울려 보이는 것은 참으로 아이러니했다.

하브리스 공작이 고개를 숙이며 입을 열었다.

"폐하."

"말씀하십시오."

"신은 폐하의 신하입니다. 어떠한 명령을 내리신다 한들, 그것에 대해 간단한 조언만 할 수 있습니다. 제게 편히 명령을 내려주시면 됩니다. 충심으로 그것을 실천해 보이겠습니다."

그것이 하브리스 공작이 할 수 있는 최선.

친우인 카본 대공에게 미안한 감정과, 들끓는 감정이 교차하며 입가에 미소를 지었다.

'나도 아직 수양이 덜 됐군. 가슴이 들끓는 걸 느끼다니.'

결코 나쁘지 않은 느낌이었다.

히드로 2세도 그 말에 담간 의미가 무엇인지 파악하곤 표정이 환해졌다.

"그럼 명령을 내리지요, 제 사랑을 이룰 수 있도록 도와주시길 바랍니다."

"명을 받듭니다."

로즈는 수련을 하면서 눈부실 정도로 빠르게 실력이 증진하는 것을 느꼈다.

육체 재구성을 거친 그녀의 힘은 그야말로 아무리 퍼내도 마르지 않는 우물 같았다.

오늘과 내일의 성취가 확연하게 차이가 나니, 그녀로서는 다른 시간을 아낀 채 최대한 수련에 몰두하는 것이 당연한 수순이었다.

그 열정이 어찌나 대단하던지, 율리아가 로즈에게 제동을 걸 정도였다.

[이 정도면 된답니다.]

"아직은 아니야."

[당신의 불안함은 알고 있지만 너무 과한 수련은 좋지 않답니다. 재구성된 육체의 한계를 시험해 보고 싶은 마음은 알지만 안 좋은 결과가 나오면 그에게 향할 수 있는 날이 늦어진다고요?]

"……."

결국 경고 비슷한 말을 듣고 입을 다물 수밖에 없었다. 그리고 충분한 실력을 쌓았을 때, 율리아는 카본 대공과 겨루라는 조언을 해주었다.

[지금 실력이면 충분히 자웅을 겨뤄볼 수 있는데요.]

"내 생각은 달라."

하지만 로즈는 그 제안을 받아들이지 않았다.

율리아가 의아하게 여기는 것은 당연한 일.

그에 대한 로즈의 대답은 간단했다.

"실력이 충분해졌어도 아버님보다 경험이 부족해. 이걸 극복할 수 있어야 해."

[제 경험을 공유하는 걸로 부족하다고 여기시나요?]

"나는 그 경험마저도 내 손 안에 넣고 싶을 뿐이야."

[…욕심이 대단하시군요. 하지만 그 말이 마음에 들었어요. 후후! 경험의 공유와 체득은 확실히 다른 수준이죠.]

"가능할까?"

[물론이랍니다.]

이쯤이면 된다고 안심하는 것이 아니라, 로즈는 확실한 결과를 원했다.

아버지를 확실하게 꺾을 수 있는 강대한 힘을!

율리아도 그녀의 욕심을 인정할 수밖에 없었다.

나날이 강해지는 자신의 모습을 보면 욕심이 생겨나는 것은 당연한 수준이었다.

그리고 그것이 그녀가 원하던 부분이기도 했다.

[경험을 체득하는 건 쉽지 않은 일이에요. 앞으로 더 고생할 생각을 하세요.]

"물론이야. 하루가 다르게 강해지는 이 감각, 나쁘지 않아."

로즈는 누구보다 환한 미소를 지으며 전의를 다졌다.

율리아는 오랜 세월을 살아오면서 수많은 경험을 쌓은 여인이었다.

블러지 로즈라 불릴 만큼 무수히 많은 전투를 겪어왔다.

그 전투 하나하나가 그녀에게 있어 생존과 직결된 것이었다.

한 번의 패배는 곧 그녀의 찬란한 아름다움이 누군가에게 꺾인다는 걸 의미했고, 그것을 지키고자 그녀는 모든 전력을 발휘해야만 했다.

치열하고, 처절한 한 여인의 경험은 로즈에게 커다란 자산이 되었다.

그 경험이 하나씩 쌓일수록 자신이 얼마나 큰 기연을 얻었는지 깨달을 수 있었다.

어떠한 상황에서도 전력을 발휘하는 그녀의 실력은 이미 인간의 수준을 벗어나 있었다.

자연히 탄성이 터져 나왔다.

"대단해……."

[당신도 충분히 대단하니 그 말은 하지 않아도 좋답니다. 자, 이제 준비는 완벽하게 되었어요.]

"응."

최대한 수련에 모든 것을 집중했기에 처음 약속했던 세 달이 되지 않아 원했던 수준에 올라설 수 있었다. 그 후, 로즈는 카본 대공에게 도전하기 위해 움직였다.

하지만 대결은 곧바로 성사되지 않았다.

수련 일정을 핑계로 로즈의 도전을 받아들이지 않았던 것이다.

카본 대공 입장에서는 나름대로 술수를 부린 셈이다.

며칠이 더 지나면 약속했던 세 달의 시간이 경과하고, 그것을 핑계로 로즈에게 로운 후작령으로 보내줄 수 없다는 말을 할 생각이었다.

그에 따른 책임은 로즈에게 전가되는 것이 당연한 일. 자연스럽고 얼굴에 철판을 깐 계책이었다.

처음 몇 차례 로즈는 도전을 하려고 했지만 그때마다 카본 대공의 얼굴을 볼 수 없었다.

그리고 세 달의 기간을 채우기 이틀 전이 되어서야 카본 대공의 생각이 무엇인지 파악하게 되었다.

그래서 그녀는 강경책을 썼다.

더 이상 모른 척을 한다면 아무 말도 하지 않고 로운 후작령으로 가겠다는 엄포였다.

그 말을 전해 들은 카본 대공은 더 이상 모른 척을 할 수 없었다.

예전과 달리 강경해진 로즈는 충분히 그런 행동을 하고도 남음이었다.

결국 두 부녀는 지하 비밀 연무장에 마주할 수밖에 없었다.

기어코 고집을 부리는 로즈의 행동에 카본 대공은 깊은 한숨을 내쉬었다.

"결국 가야겠느냐."

"제가 정한 목표예요."

"네 마음은 알고 있다. 하지만 이미 거절당한 네가 그곳으로 가겠다는 건 쉽지 않은 일이다. 너는 그걸 극복할 자신이 있는 것이냐?"

"제 운명을 개척할 용기와 힘을 얻었다고 생각해요. 저는 해낼 수 있어요."

과거의 처참했던 기억을 담담하게 받아들인 것을 보며 그녀가 성장했다는 걸 깨달을 수 있었다.

동시에 마음이 갑갑해졌다.

저렇게 되기까지 얼마나 고통을 받고 힘들어 했을지 눈에 훤했다. 당장이라도 로운 후작을 찾아가서 찢어죽이고 싶은 충동이 치밀었지만 그는 자신의 힘으로도 어쩌기 힘든 녀석이었다.

"허어, 그렇게 말을 하니 내가 뭐라고 더 이상 말을 할 수가 없구나."

"지금이라도 절 보내주세요, 아버님."

"그럴 수 없다. 나는 네가 이곳에서 적절한 혼처를 찾아 결혼하는 것이 좋다고 여긴다."

로즈는 조용히 고개를 저었다.

"그건 불가능한 일이에요."

"이제 가능하다는 걸 알게 될 게다. 말이 통하지 않으면 힘으로 극복하는 수밖에."

더 이상의 대화는 서로의 생각이 다르다는 것을 확인할 뿐이었다.

그녀는 카본 대공에게 정중히 고개를 숙였다.

"무례를 저지를게요."

"저질러도 된다. 대신 나도 너를 딸이라 생각하지 않을 테니."

파직! 파지직!

카본 대공의 전신에 금빛 뇌전이 넘실거리기 시작했다. 딸의 전의를 처음부터 꺾어놓고 완전히 짓밟기 위해 전력을 발휘할 생각이었다.

[후후, 재미있는 힘이에요. 한번 견식해 보도록 할까요.]

율리아의 목소리를 들으며 로즈는 검을 뽑아 들었다. 그녀의 두 눈은 차갑게 가라앉아 있었다.

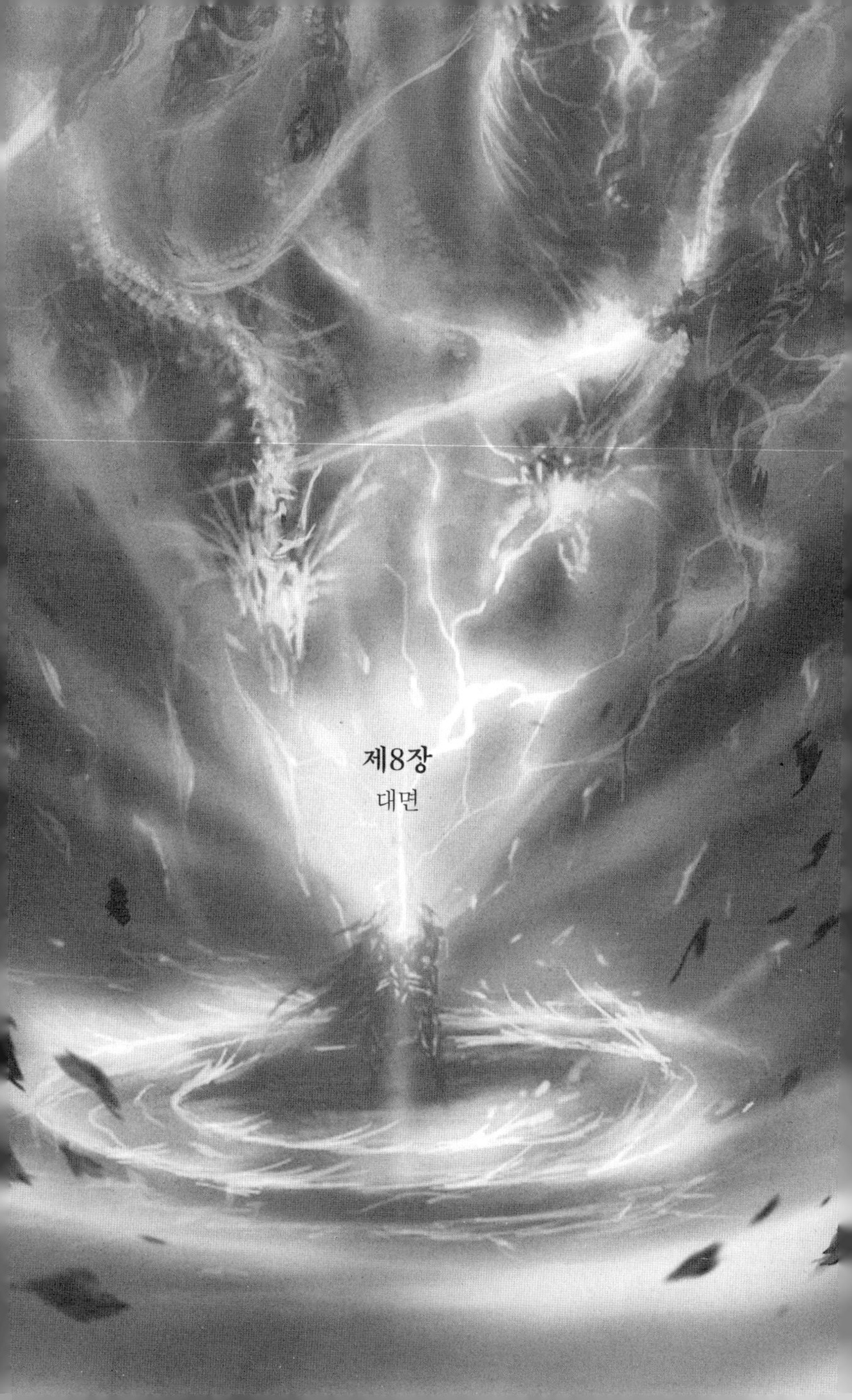

제8장
대면

제국이 격동하고 있지만 티엘의 일상은 평온하기만 했다.

가신단에서는 그의 마음을 바꾸기 위해 노력을 기울이고 있지만 한 귀로 듣고 한 귀로 흘린 채 다가올 카롤리나의 출산에 모든 신경을 집중하고 있었다.

그리고 마침내 출산 예정일이 되었고, 산고 끝에 카롤리나는 딸을 낳았다. 이름은 올리비아라 지었다.

"딸이라……."

아들에 이어 딸을 얻은 티엘의 마음은 묘했다. 레이든이 태어났을 당시 자신이 가문의 대를 잇는 일을 해냈다는 성취감이 들었다면 딸의 탄생은 자식이란 마지막 퍼즐을 맞춘 느낌이 들었다.

"나쁘지는 않군."

"카롤리나를 닮아 아주 예쁜 아이잖아요."

로웰린의 말에 티엘은 고개를 끄덕였다. 가문을 위해 혼신을 다해 돕는 그녀의 모습은 근래 들어 소문이 자자할 정도였다.

아직 아이를 갖지 못한 것에 힘들어했지만 겉으로 드러내지 않고 씩씩하게 이겨내려는 모습에 티엘도 조용히 그녀를 보듬어주었다.

"……."

그 의미를 알고 있는 로웰린도 다른 말을 하지 않고 조용히 그의 손길을 받아들였다.

"카롤리나는 슬퍼하지 않던가?"

"전혀요. 오히려 다툼을 자제할 수 있었다고 좋아하는 걸요."

"그렇다면 다행이군. 하지만 속에는 다른 생각이 있을 수 있다. 잘 보살펴 주도록."

"네."

딸을 낳음으로써 다음 대 후계자에 가장 가까운 것은 크레티아가 낳은 레이든이었다. 그 부분에 신경을 쓰지 않으려고 해도 주변의 시선이 따갑다 보니 티엘로서도 정리를 해둘 필요는 있었다.

"그리고 난 딸이라고 해서 후계자 선상에 제외할 생각은 없다."

"그게 정말인가요?"

"딸이라고 해서 능력이 떨어지는 법은 없으니."

이러한 말은 다소 파격적이었다.

제국 내에 딸이 작위를 이어받는 경우도 있지만 어디까지나 작위를 이을 아들이 없는 경우에 한해서였다.

그런데 티엘은 능력만 되면 딸에게도 작위를 물려줄 수 있다고 했다. 이것은 제국법의 근간을 뒤흔드는 것이었다.

"언제부터 제국법에 신경을 썼다고."

"카롤리나가 들으면 놀랄 것 같아서요."

"기뻐하지는 않고."

"그럴까요? 잘 모르겠어요. 크레티아와 다르게 카롤리나는 속을 알기 힘들어서."

"상재로 이름을 떨친 상인의 속을 알아내는 게 더 힘들겠지."

"하긴, 그렇죠?"

멋쩍게 웃는 그녀를 보며 티엘이 손을 뻗어 머리를 쓰다듬었다.

"노력하는 건 좋지만 너무 무리할 필요는 없다."

"…제가 무리하는 것처럼 보였나요?"

"슬픔을 감추기 위해 억지로 밝은 척하는 걸로 보이는데, 내 생각이 틀렸나?"

"그건, 그건 아니에요. 전부 틀리다고 말할 수는 없지만 꼭 그렇지는 않아요. 저도 제 의지를 가지고 행동하니까요. 그렇게 여기시지 않으셔도 돼요. 저는 모두를 좋아해서 하는 행동이니까요."

"알았다."

그녀의 마음이 어떻든 간에 티엘로서는 로웰린이 행복한 일이라면 그것으로 되었다고 생각했다.

"그래도 둘이 먼저 아이를 낳은 건 섭섭함을 느낄 수밖에 없지?"

"……."

이에 대해서는 아무 말도 하지 못했다.

솔직하게 감정이 드러나는 모습에 티엘은 피식 웃음을 지었다.

이전까지 어른처럼 보이려 하는 어린아이로 느껴졌다면 지금은 자신의 감정에 솔직한 아이를 보는 기분이었다.

"남편이 되어서 그걸 해결해 주지 못한 것에 책임이 있지."

"채, 책임이라뇨. 저는 절대 원망한 적이 없어요."

"물론 알고 있다. 그 부분을 논하기 위해 한 말도 아니고."

"그럼……."

어떻게 돌아가는 상황인지 로웰린은 잘 모르겠다는 표정이었다.

그리고 이어진 티엘의 말은 짧고 강렬했다.

"책임이 있으니 면책을 하도록 해야겠지. 서로 노력해 볼까."

예전보다 훨씬 부드러워진 그의 태도.

로웰린의 표정이 활짝 펴졌다.

"네!"

전마왕 슈크라인과 대결을 벌인 뒤, 클레디오 백작은 한동안 거처에 틀어박혀 깨달음을 자신의 것으로 만드는 데 모든 신경을 집중했다.

"단 한 번의 대결이지만 얻는 게 많단 말이지."

드래곤이 남긴 힘의 잔재는 굉장했다. 자신의 부족한 점을 자각하는 즉시, 놀라운 육체의 지배력은 단숨에 그것을 해결해 버렸다.

자신이 자각하지 못한 드래곤의 권능과, 그동안 얻은 깨달음이 융합되면서 스스로 생각해도 몇 단계 더 강해진 것을 자각했다.

"하지만 그 괴물에게는 아직 무리지."

강해졌다는 기쁨도 잠시, 저 먼 곳에 게으름을 부리며 퍼져 있는 한 인간을 떠올리며 클레디오 백작은 쓰게 웃음을 지었다.

인간이라 보기 힘들 만큼 강력한 무위를 지닌 그는 드래곤의 권능을 얻은 자신과 달랐지만 그 힘의 한계가 어느 정도인지 파악하기가 불가능했다.

그래서 더욱 뛰어넘고 싶었다.

드래곤 힘이라는 기연을 얻었음에도 그를 넘지 못한다는 것은 자신의 부족함을 드러내는 꼴이니까.

더 강해지고자 하는 전의가 들끓었고, 그때마다 나아갈 길이 눈에 들어오곤 했다.

"굳이 그럴 필요는 없나."

숨만 쉬어도 강해지는 드래곤의 능력은 클레디오 백작에게 없던 여유와 깨달음을 제공했다.

당장은 티엘이 더 강하지만 차곡차곡 경험이 쌓이고 체득하면 언젠가 그에게 근접하게 될 것이다.

하지만 그것은 미래의 일.

지금 집중해야 할 것은 눈앞의 마왕을 상대하는 것이다. 그에 대한 정보를 얻고자 하는 마음이 생기기 무섭게 그의 걸음은 마블론이 있는 막사로 향하고 있었다.

막사로 들어서니 회의가 열리고 있는 것이 눈에 들어왔지만 개의치 않고 궁금한 부분을 물었다.

"마왕의 움직임에 대해 알고 있는 게 있나?"

"아직 없습니다. 헤셀 백작군 진영에 조용히 있는 것으로 파악됩니다."

"그렇군."

턱을 매만진 클레디오 백작은 생각에 잠겼다. 좌중의 이목이 집중되었지만 그는 전혀 개의치 않고 생각을 마친 뒤 말했다.

"그럼 마왕이 등장하기 전까지 내가 할 일은 없겠군."

"그렇습니다만……."

"그때까지 수련을 하고 있지. 마왕이 등장하면 내게 알리도록."

그 말을 끝으로 클레디오 백작이 막사를 벗어났다. 안하무인인 그의 태도에 표정을 찌푸리는 이들이 몇몇 있었지만 그의 위상을 알고 있는 이들은 아무런 말도 하지 못했다.

짝짝!

박수를 친 마블론이 주변 공기를 환기시켰다. 그제야 사람들의 시선이 집중되었다.

"마왕은 백작님에게 맡기는 것이 맞으니 기분 나쁜 기색을 드러내지 말도록. 우리가 해야 할 일을 하는 것이니."

“예.”

인간의 한계를 뛰어넘은 클레디오 백작의 태도가 마음에 안 들어도 누구도 그에게 이의를 제기할 수 없다. 그것은 절대강자인 마블론 또한 마찬가지이기에 불만이 있을지언정 겉으로 드러내지 않고 다시 회의에 집중하기 시작했다.

첫 전투 이후, 헤셀 백작은 전투가 가능한 인원을 회복시키는 데 모든 신경을 집중했다.

무려 십만이 넘는 사상자가 발생했고, 그중 오만이 부상자였다. 집중적인 치료 끝에 그들 중 이만의 병사가 전투에 나설 수 있게 되었다.

합쳐서 십이만의 숫자.

부족하게 느껴졌지만 적의 두 배가 넘는 숫자인 만큼 충분히 전투를 치를 수 있는 숫자였다.

“그럼 부탁하지.”

“굳이 내가 먼저 갈 이유가 있나?”

어깨를 으쓱하는 그의 태도에 헤셀 백작이 표정을 찌푸렸다.

“강을 끼고 있는 적에게 다시 한 번 병사들을 소모하라는 건가?”

“어차피 소모품이잖나. 그게 뭐가 어렵다고 그러는지 모르겠군."

"크! 난 처음에 이야기가 진행된 대로 한다. 약속을 지켜라, 마왕!"

"아직도 자존심이 남았다는 건가."

처음부터 자존심을 빼면 아무것도 남지 않던 것이 헤셀 백작이었다. 두 눈을 부릅뜨고 바라보는 모습에 슈크라인은 입꼬리를 말아 올린 뒤 고개를 끄덕였다.

"좋다, 계약이니 받아들이지."

"처음부터 잘 지키도록. 더 이상 허튼짓을 하면 나도 가만히 있지 않을 것이다!"

헤셀 백작의 으름장에 슈크라인은 장난스럽게 어깨를 으쓱일 뿐이었다.

"가만히 있지 않으면 어쩔 수 있는지 모르겠지만 계약이니 받아들이지."

그 말과 함께 휘적휘적 막사를 벗어났다. 뒷모습을 바라보는 헤셀 백작의 표정은 처참하게 구겨져 있었다.

"궁지에 몰린 인간이 발산하는 기운은 참 별미인데 말이지."

입맛을 다신 슈크라인은 실실 웃음을 흘렸다.

처음부터 모든 것이 자신의 뜻대로 진행되고 있다. 인간 중에 드래곤의 힘을 지닌 녀석이 있지만 첫 전투에서 모든 밑천을 털었으니 남아 있는 것은 전무했다. 확실하게 처리한 뒤 세력화할 필요가 있었다.

"그럼 전쟁의 불씨를 당겨볼까."

미소와 함께 허공 위로 떠오른 슈크라인의 신형이 빠른 속도로 나아갔다.

노이벨류 강을 건너 날아드는 슈크라인의 존재는 로운 후작군 전체에 비상종이 울리게 만들었다.

"마왕이다!"

"마왕이 쳐들어온다!"

밑에서 바글바글 몰려든 병사들이 소리를 질렀지만 슈크라인은 개의치 않고 로운 후작군 진영 중심으로 날아가고 있었다.

"모두 물러나라!"

"죽고 싶지 않으면 물러나!"

일반 병사로 마왕을 어쩔 수 없는 만큼 지휘관들은 병사들이 최대한 물러날 수 있도록 연신 소리를 질렀다.

그 모습을 바라보는 슈크라인의 얼굴에 짙은 웃음이 걸렸다.

"일사분란한데."

열심히 움직이는 개미를 짓밟아 죽이는 것처럼 슈크라인은 물러나기 바쁜 병사들을 죽이고 싶은 충동에 손을 들었다.

그리고 검은 기운이 손끝에 맺히는 순간, 서늘한 기운이 뒤통수에 느껴졌다.

쐐액!

병사들에게 시전하려던 공격을 날아드는 검을 향해 후려쳤다.

쩌어엉!

손에서 느껴지는 시큰한 충격에 슈크라인 입에 맺힌 미소가 짙어졌다. 그의 시선에는 저 멀리서 흔들림 없이 자신을 응시하는 인간에게 향했다.

"전보다 더 강해진 건가? 재미있군."

아무런 저항도 못하는 개미들을 죽이는 것보다는 상대하는 맛이 나는 인간이 더 재미있다. 슈크라인의 신형이 빠른 속도로 클레디오 백작이 있는 곳으로 날아들었다.

"오랜만이군. 기다리느라 좀이 쑤셔서 죽을 뻔했다."

"조금 더 기다릴 걸 그랬군. 그럼 전쟁은 무리 없이 이길 텐데."

"그럴 일이 없을 거란 걸 알면서 그러는군."

"아아, 기다림은 나 또한 지루한 일이지. 마계에서도 지루한 일상인데 이곳에서도 그러고 싶지 않거든."

모든 것이 고착화된 마계의 환경은 슈크라인에게 지루함의 연속이었다. 하지만 이곳 중간계는 매일 재미있는 일들이 넘쳐났다. 지금 자신에게 대항하는 인간을 상대하는 것도 그에게는 각별한 재미가 있었다.

"오늘은 확실하게 죽여주겠다."

"그동안 성취가 있었나?"

"몸으로 확인해 보도록."

클레디오 백작의 손에는 검이 들려 있었다. 전처럼 오러 파이어를 전개하지 않은 채 왼손에 힘을 집중하니, 검은 기운이 응집하며 두 자루의 검이 생성되었다.

극도의 오러 집중으로 만들어낸 오러 소드였다.

두 자루의 오러 소드를 던지니, 양쪽으로 나뉘어 슈크라인의 좌우를 점하기 시작했다.

"호오, 이건 또 흥미로운 수법인데."

어느새 슈크라인의 양손에는 검과 방패가 들려 있었다. 거대한 타워 실드가 지면에 틀어박히는 순간, 검은 기운이 피어나며 전신을 감쌌다.

쩌엉! 쩌저정!

견고한 타워 실드는 슈크라인의 몸을 공략할 수 있는 틈을 허용하지 않았다.

그 모습을 바라보던 클레디오 백작이 미간을 찌푸렸다.

"저번에 보여주지 않은 수법이군."

"인간에게 내 전력을 발휘할 거라 생각한 것 자체가 오만이다."

그 순간, 검은 섬광이 번뜩이며 클레디오 백작의 시력을 앗아갔다. 본능적인 위기감을 느낀 그는 모든 힘을 끌어 올려 검에 집중했다.

쾨앙!

"큭?"

둔중한 충격에 비틀거리며 균형이 무너진 그를 향해 슈크라인의 공격이 연이어 이어졌다.

마치 빛처럼 빠른 연격이 연이어 클레디오 백작에게 쏘아졌다.

꽈광! 꽈과광!

"크으으."

전신을 울리는 감각에 클레디오 백작은 표정을 일그러뜨렸다. 전력을 발휘해서 방어에 임했기에 부상을 입지 않았지만 한 번 잃은 시력은 쉽게 돌아오지 않았다.

"역시 드래곤의 힘을 이어받았단 말인가."

"각오해라, 마왕."

타오르는 눈으로 자신을 응시하는 걸 보며 슈크라인은 유쾌하게 웃었다.

이 얼마나 오랜만에 느끼는 재미란 말인가.

아무리 짓밟아도 끝까지 자신에게 기어오르는 모습은 이

곳저곳에서도 찾기 힘든 장난감이었다.

"후후, 후후후! 이 얼마나 재미있는 일인가. 어디 한번 열심히 발악해 보도록."

쿠우우우!

무겁게 공기가 짓눌리는 가운데 슈크라인의 유쾌한 웃음이 주변을 꿰뚫고 있었다.

"허억! 헉! 헉!"

검을 지면에 꽂아 넣은 클레디오 백작은 가까스로 균형을 잡으며 슈크라인을 바라보았다. 두 눈에는 여전히 전의가 들끓고 있었지만 넝마가 된 몸은 그의 의지를 배반하고 있었다.

"아직도 해볼 생각인가."

"쉽게 무너질 거라 생각했다면 오산이다."

"후후, 재미있군. 이렇게 버텨낼 줄은 몰랐는데, 확실히 그 부분은 착각했군."

정말 질긴 인간이 아닐 수 없었다.

확연한 전력 차이가 존재함에도 여전히 전의는 꺾이지 않았고, 언제라도 자신에게 타격을 주기 위해 완급을 조절하고 있었다.

재미있는 대결.

그 이상 그 이하도 아니었지만 지닌 무력을 뛰어넘는 투지는 슈크라인의 성질을 자극했다.

짓밟고 무너뜨리고 싶다!

꺾이지 않는 저 투지를 짓밟았을 때 느낄 수 있는 쾌감이 어느 정도일지 상상조차 힘들었다.

하지만 반드시 짓밟아 버리고 싶었다.

쉽지 않은 일이지만, 그렇기에 오히려 도전 정신을 자극하고 있었다.

"죽음이 두렵지 않나?"

"두려워 보이나?"

"전혀."

"그럼 보이는 그대로겠지."

"아주 재미있어! 인간 중에 이런 재미있는 녀석들 발견할 줄 몰랐는데."

여러 차례 중간계에 강림했던 적이 있는 슈크라인에게 있어 클레디오 백작은 가장 재미있는 녀석이었다.

이런 인간을 망가뜨려도 될까.

저 투지를 짓밟고 싶지만 다시 한 번 기회를 줘서 확실하게 꺾어놓고 싶은 생각이 들 정도였다.

망설이는 그의 귓가로 클레디오 백작의 음성이 파고들었다.

"근데 그거 아나?"

"뭘 말이지?"

"인간 중에는 나보다 더 강한 녀석이 있다."

"호오, 들어본 적은 있다. 하지만 드래곤의 힘을 이어받은 널 뛰어넘을 인간이 있다는 건 믿기 힘들군."

눈앞의 녀석은 이미 인간의 한계를 초월했다. 본신의 무위는 능히 최상급 마족을 뛰어넘고, 권능을 발현하면 마왕조차 위협할 수 있는 수준이었다.

적당한 긴장감을 주기에 재미있는 것이기도 했지만.

"제대로 모르는군."

"뭘 말이지?"

"네가 무시한 그 인간은 나조차 한계를 알 수 없는 녀석이다."

"……."

슈크라인은 잠시 침묵했다.

최상급 마족을 뛰어넘는 인간이 한 명 더 있다는 말인가.

믿기지 않는 말이지만 확신이 담긴 클레디오 백작의 말은 사실임을 나타냈다.

전신이 흥분으로 떨리는 걸 느끼며 입가를 비집고 웃음을 흘렸다.

"…후후! 그렇게 내 흥미를 자극해서는 실망감이 클 때 번질 여파를 감당할 수 없을 텐데."

"믿고 싶은 것만 믿는다면 더 이상 말할 필요는 없겠지."

"그 정도인가."

대체 어느 정도이기에 눈앞의 인간이 이런 말을 한단 말인가.

궁금했다.

당장 찾아가서 피가 튀도록 치열한 전투를 벌이고 싶었다.

얼마나 강할까, 자신에게 얼마나 큰 재미를 줄 수 있을까.

차갑게 식고 있던 피가 다시 한 번 뜨겁게 끓어오르는 걸 느끼며 눈앞의 인간을 바라보았다.

전의 하나는 눈에 띄지만 망가진 육신은 더 이상 힘을 온전히 발휘하지 못하게 만들고 있었다.

더 강한 녀석이 있다면 이 녀석은 필요가 없다.

흥미가 사라진 슈크라인의 두 눈은 차갑게 식었다.

"더 이상 상종할 필요는 없겠지. 죽어라, 인간."

"내 숨이 끊길 때까지 확신하지 마라, 마왕."

쏴아아아앙!

강렬한 힘의 파동. 그것이 무엇을 의미하는지 모를 슈크라인이 아니었다.

이미 한 차례 허용하여 큰 타격을 입지 않았던가.

드래곤의 권능 브레스를 보는 순간, 입꼬리가 말려 올라갔다.

"브레스 따위, 한 번 고생을 했으면 족하지."

한 번 겪어봤기에 두 번은 쉬운 법이다.

슈크라인은 자신에게 쇄도하는 브레스를 충분히 방비했다. 그리고 날아드는 거대한 힘의 물결을 보며 대응을 했다. 그 순간, 브레스와 중첩된 두 줄기의 힘이 틈을 비집고 날아드는 것을 볼 수 있었다.

전혀 예측하지 못한 혼신의 공격에 슈크라인의 두 눈이 커졌다.

"이, 이건……."

꽈아앙!

거대한 충돌.

그것은 주변 일대를 검은 기류로 뒤덮을 만큼 강렬했다.

"후퇴하라! 후퇴하라!"

클레디오 백작과 마왕의 대결이 끝나자, 마블론은 대대적인 후퇴 명령을 내렸다.

첫 대결에서 무승부를 기록했다면 두 번째 대결은 클레디오 백작이었다.

두 힘의 충돌에서 벌어진 공백을 노린 마블론의 목숨을 건 구출이 이어지지 않았다면 클레디오 백작은 목숨을 잃고 말았을 것이다.

"이런 힘이라니……."

잠깐이지만 분노한 마왕의 힘을 직접 겪은 마블론은 등이 땀으로 젖어드는 것을 느꼈다.

목숨을 건 클레디오 백작의 공격이 적중함에 따라 슈크라인도 상당한 피해를 입고 말았다. 그 결과 제대로 움직일 수 없는 부상을 당했다. 그리고 그 찰나의 틈을 절묘하게 파고들어 클레디오 백작을 구출했다.

마블론은 더 이상 노이벨류 강에서 이득을 얻을 수 없음을 알았다.

클레디오 백작은 패했고, 언제 달려들지 모르는 마왕의 존재를 감수하며 노이벨류 강에서의 이점을 고집할 수 없었다.

그 결과가 대대적인 후퇴, 처음은 막아냈지만 두 번은 힘들 거라 여겨 언제라도 후퇴할 수 있도록 준비하게 한 계책이 정확하게 먹혀들었다.

하지만 노이벨류 강을 잃은 이상, 헤셀 백작이 이끄는 마왕의 군대를 상대해야 했다.

마왕 또한 잠깐 움직임이 멈췄지만 언제 부활할지 모르는 일.

결국 그것을 고스란히 감당하는 것은 자신의 몫이 된다.

"이제 주군에게 도움을 청하는 수밖에 없겠군."

클레디오 백작이 전투불능이 된 순간, 정해진 수순이었다.

"왜 추격하지 않지?"

군을 이끌고 노이벨류 강을 건넌 헤셀 백작은 불만 섞인 목소리로 슈크라인을 타박했다.

"피해 없이 강을 점령했으면 된 거 아닌가?"

"적을 잡을 생각은 없다는 의미로 들리는군."

"주제넘지 마라, 인간."

"크?!"

자신의 목을 틀어쥐는 슈크라인의 사나운 손길에 헤셀 백작은 숨이 턱 막혀오는 걸 느꼈다. 두 눈은 저번처럼 그를 노려보고 있었지만 오래 지나지 않아 굴복할 수밖에 없었다.

검은 진주처럼 형형하게 빛나는 까만 눈동자에서 감당할 수 없는 살기가 발산되고 있던 것이다.

"군을 추스르도록. 준비가 되면 바로 저 녀석들을 짓밟아 버린다."

"……."

"대답해라, 인간."

"아, 알겠소."

마왕의 기운을 정면으로 접한 헤셀 백작은 정중해진 태도로 대답했다. 호흡이 끊겨 점점 핏기를 잃어가는 얼굴을 보던 슈크라인은 신경질적으로 손을 놓았다.

"커헉! 컥! 컥!"

"부지런히 움직여라, 인간. 네 쓸모가 내게 있는 걸 증명해야 할 것이다."

그 말과 함께 막사를 나선 슈크라인은 주변의 시선이 사라지는 순간, 몸의 균형을 잃고 비틀거렸다.

"크으, 빌어먹을 인간 녀석."

발악처럼 시전했던 브레스가 놈의 마지막이라 생각했다.

하지만 그것은 자신의 착각에 지나지 않았다.

처음부터 그 인간은 자신의 열세를 알고 있었고, 한 방 먹을 기회를 노리고 있었다.

그것이 바로 지금의 결과.

브레스 속에 담긴 혼신의 오러 파이어는 슈크라인을 무리하게 만들었다.

"본신의 힘 전체를 발휘하는 건 무리로군."

정확하게 급소로 향하는 오러 파이어에 적중당하면 마왕인 그조차도 중간계에서 소멸할 수밖에 없었다. 결국 무리를 할 수밖에 없었고, 육신에 금이 가버리고 말았다.

전혀 예상치 않던 피해였기에 그 분노는 클 수밖에 없었다.

하물며 막판에 버러지 한 놈이 끼어서 죽이지도 못했다.

당장 뒤쫓고 싶은 마음이 들었지만 이 정도 피해를 입고 무리하게 움직이면 부상만 더 커진다.

"반드시 죽여주지, 그때는 내 여유를 원하지 않게 될 것이다."

녀석들이 도망간 방향을 바라보며 슈크라인의 눈이 새파랗게 빛났다.

클레디오 백작의 패배.

그것이 의미하는 바는 컸다.

첫 전투에서 선전함으로써 마왕에 대한 공포가 억제되어 있었지만, 두 번째 전투에서 주변 일대를 죽음의 기운으로 가득 차게 만든 인외의 전투는 제국 전체를 마왕에 대한 두려움에 잠식되게 만들었다.

헤셀 백작이 이끄는 마왕의 군대는 노이벨류 강을 점령하고 움직이지 않았지만 클레디오 백작이 처참한 모습으로 간신히 목숨을 부지했다는 것이 알려짐에 따라 두려움의 깊이는 더해가고 있었다.

특히 이 사실은 로운 후작가에 청천벽력으로 다가왔다.

카롤리나가 딸을 낳아 가문 내에 경사가 벌어졌지만 마왕의 군대와 직접적으로 대치하고 있는 상황에서 마냥 좋아할 수 없었다.

처음에 티엘에게 노이안 지방으로 향할 것을 주장한 가신들의 목소리는 빠른 속도로 힘을 잃어갔다.

실력에서 별 차이가 나지 않는다고 알려진 클레디오 백작이 마왕에게 패한 상황이다. 여기에 티엘이 간다고 해도 마왕을 꺾을 수 있을 거라 보지 않았다.

대신 급부상한 것이 노이안 지방 포기론이다. 노이안 지방을 버리면 마왕의 군대는 강을 건너야 하기에 시간을 벌 수 있다는 주장이었다. 그 시간 동안 클레디오 백작의 치료에 힘을 써서 티엘과 함께 합공을 하면 어느 정도 승산이 있지 않을까 하는 주장이 제기되었다.

하지만 티엘은 이러한 목소리에 전혀 개의치 않았다. 기다리던 카롤리나가 딸을 출산하고 몸조리에 들어간 이상, 해야 할 일을 할 뿐이다.

"내가 나서야겠군."

"…주군, 상대는 마왕입니다."

제이론은 걱정이 담긴 목소리로 티엘을 만류했다. 다른 강한 존재라면 모르겠지만 상대는 마왕이다. 군사부의 책사들도 이전까지 그 무게를 실감하지 못했지만 클레디오 백작이 제대로 된 저항조차 못한 상황이다. 티엘이 대신한다고 해도 인외의 존재인 마왕에게 얼마나 충격을 줄 수 있을지 여부에 대해서는 확신이 없었다.

"내가 마왕을 상대할 수 없다고 생각하나 보군."

"……."

무언의 긍정.

그것은 모든 책사들의 공통된 생각이었다.

그 모습에 티엘은 피식 웃었다. 그 속에 담긴 사나움에 책사들은 몸을 움찔 떨었다.

“인간이 마왕을 상대할 수 없다는 건 정설로 굳어졌으니 그렇다고 치지. 그런데 정말 내가 마왕에게 당할 것처럼 보이나?”

“저희의 태도가 주군의 자존심을 상하게 만들 수 있다는 걸 인정합니다. 하지만 주군, 지금은 상황을 냉정하게 바라봐야 합니다.”

“냉정하게라…….”

의자에 몸을 묻은 티엘이 말을 꺼낸 클리멘트 남작을 시작으로, 토릭슨, 제이론과 한 명씩 차례대로 눈을 맞췄다. 그들 모두 불안함과 긴장감, 그리고 알 수 없는 기대감 섞인 눈으로 티엘을 바라보고 있었다.

‘당연할 수밖에 없나.’

이들 중 자신의 힘을 눈앞에서 목격한 이들은 없다.

그저 들려오는 정보와 티엘이 드러내는 기세만으로 저마다 판단을 하겠지.

보여준 것이 적을수록 마왕과의 대결에서 승산은 높지 않다고 여겼을 것이다.

티엘이 불쑥 말했다.

“세 합이다.”

“예?”

“클레디오 백작이 내 전력을 받아낼 수 있는 한계가.”

“…….”

“그게 무슨…….”

그들은 치미는 경악에 뭐라고 말을 할 수 없었다.

절대강자 중 최강이자, 제국의 쌍벽이라 불리는 클레디오 백작이다. 그런 그가 실제로는 티엘의 전력을 세 합조차 견뎌낼 수 없단 말인가.

“어느 정도 발전했을 테니 다섯 번까지는 받아낼지 모르는군.”

“주, 주군! 그럼…….”

“마왕은 내가 상대한다. 내 선에서 해결이 가능한데 귀찮음에 미뤄두면 피해만 끼치겠지. 미래의 내 편안함을 위해서라도 지금 귀찮음을 감수하겠다.”

마왕을 마치 동네 건달 치우는 것처럼 표현하는 행동에 모두들 입을 떡 벌리고 말았다.

머릿속이 뒤죽박죽이 되는 걸 느끼며, 토릭슨이 힘겹게 입을 열었다.

“아, 아니, 그게 아니라, 주군.”

"뭐?"

"…아무것도 아닙니다. 그런데 정말 마왕을 제거하실 수 있습니까?"

"어느 정도로 강한지 정확하게 모르니 확신은 하지 않지. 여차하면 내 몸 하나는 뺄 수 있으니 걱정하지 말도록."

"예에……."

어안이 벙벙한 표정으로 고개를 끄덕이는 보면서 티엘은 자신이 참 많이 바뀌었다는 것을 느꼈다.

"예전이라면 반드시 제거할 수 있다고 말하겠지만 아이가 태어나니 그런 말도 쉽지 않군."

늦은 변화였지만 티엘은 이것을 긍정적으로 받아들였다.

그동안 인간관계에서 문제를 드러냈던 자기 자신이 조금씩 부드러워지고 있다는 걸 체감했으니까.

마왕이라는 인외의 존재를 두고서 확신을 하는 것보다 높은 가능성을 드러내는 게 다른 이들의 정신건강에 더 좋다는 걸 느꼈다.

"그러니 의심하지 말도록. 조만간 노이안 지방으로 갈 준비를 하겠다."

"예, 주군."

티엘의 기세에 휘말린 책사들은 한목소리가 되어 대답했다.

"후우! 후우!"

거친 숨소리.

"……."

귓가를 울리는 벅찬 숨소리에 카본 대공은 물끄러미 앞에 선 로즈를 바라보았다.

검을 겨눈 채 땀을 흘리며 서 있는 딸의 모습은 한 폭의 그림이었다.

사람의 정신을 혼미하게 만드는 치명적인 아름다움과 본능을 잡아끄는 매력이라면 그 어떤 남자의 머리도 혼란스럽게 만들 것이라.

잠시 상념에 빠져 있던 카본 대공은 자신을 빤히 바라보는 눈길에 입을 열었다.

"네 승리다."

"그럼……."

"하지만 로운 후작령으로 가는 걸 허락할 수 없었다."

"…왜죠?"

카본 대공을 바라보는 로즈의 눈은 날카로웠다. 약속을 지키지 않는 그의 번복을 책망하는 빛이 담겨 있었다. 졸지에 옹졸한 인간으로 전락한 카본 대공은 쓴웃음을 지었다. 하지만 그는 약속을 뒤집을 만큼 속이 좁지 않았다.

"너는 로운 후작령으로 가서 그를 꺾을 생각이겠지?"

"네, 제 강함으로 그분의 호감을 얻고자 해요."

단순하지만 효과적이기도 했다. 클레디오 백작과 함께 제국의 쌍벽으로 불리지만 알고 있는 사람들은 티엘이 제국 최강의 검사임을 안다.

카본 대공도 그 몇 안 되는 사람 중 하나였다.

그는 방금 전까지 현란하게 펼쳐 보이던 로즈의 검을 떠올리며 짧게 말했다.

"그럼 불가능하다. 지금의 너로 로운 후작을 꺾는 건 불가능하다."

"……!"

[호오, 대체 어느 정도이기에 이런 평가가 나오는 걸까요? 궁금한 걸요?]

충격을 받은 것은 로즈뿐만 아니라 율리아도 마찬가지인 듯, 티엘에 대한 흥미를 드러냈다.

이내 놀란 감정을 가라앉힌 로즈가 감정을 지우고 물었다.

"제 힘이 부족하다고 말씀하시는 건가요?"

"그렇다."

"어떻게 확신하죠?"

"나는 그와 두 번 겨뤄보았기 때문이다."

카본 대공의 다혈질적인 성격은 알고 있었지만 두 차례 충돌이 있었다는 것은 의외였다. 그리고 그만큼 티엘을 높게 평가하는 것 또한 마찬가지다.

"제가 더 약한가요?"

"그렇다. 최근 겨뤄봤을 땐 얼마나 강한지 제대로 알지 못했지. 하지만 내가 수련을 하고 경지가 높아질수록 그 녀석이 얼마나 대단한 수준에 올랐는지 감히 측정조차 할 수 없다는 걸 알게 되었다. 지금의 너도 강하지만 그 수준에 도달하지는 못했다. 내가 널 잡아두기 위해 거짓말을 하는 게 아니란 걸 너도 잘 알 게다."

"진심이시네요."

"물론이다."

그의 얼굴 어디에도 거짓은 존재하지 않았다. 내심 충분한 힘을 얻었다고 생각하던 로즈에게 있어 충격적인 말이었다. 그러니 그에 반발하는 마음이 조금씩 피어났다. 입술을 지그시 깨문 로즈가 물었다.

"가능성이 없다고 보시나요?"

"지금으로써는 전무하다."

"그런……."

"내 충고를 받아들이지 않겠다면 널 보내주겠다. 하지만 내 생각은 틀리지 않았다고 생각한다. 넌 아직 로운 후작을 뛰어넘으려면 시간이 필요해."

"……."

로즈는 생각에 빠져들었다. 마음 같아서는 당장이라도 로운 후작령으로 가고 싶지만 카본 대공의 말을 듣고 있다 보면 자신이 너무 다급했다는 생각을 지울 수 없었다.

율리아도 그녀를 설득했다.

[조금 더 수련을 하도록 하지요. 육체 재구성을 겪으면서 큰 힘을 손에 넣었으니 수련을 하면 그 차이는 극복할 수 있어요. 확실한 게 좋지 않나요? 그의 사랑을 얻기 위해서는 확실하게 그를 꺾어야 해요.]

'아버지가 말하는 수준이 어느 정도인지 모르겠어.'

[어느 순간 경지를 넘어서게 될 거랍니다. 그때가 되면 확실하게 꺾을 수 있게 되겠지요. 그러니 그때까지 꾹 참으세요. 모든 건 당신의 사랑을 위해서랍니다.]

'알았어.'

불가능한 것이 아니라 불확실한 가능성을 확실하게 만드는 것뿐이다. 느릿하게 고개를 끄덕인 로즈는 자신의 결정을 기다리는 카본 대공에게 말했다.

"좀 더 수련을 하도록 할게요."

"좋은 생각이다."

"대신 종종 그에 대한 걸 물어봐도 될까요?"

"…물론이다."

내키지 않는 기색이 역력했지만 허락하지 않으면 로즈가 바로 떠나겠다고 할 것임이 뻔했기에 카본 대공은 찝찝한 표정으로 고개를 끄덕였다.

클레디오 백작에게 일격을 허용한 슈크라인은 몸을 회복하는데 모든 신경을 집중했다.

한 번 금이 간 육체는 공을 들여 회복시키지 않으면 걷잡을 수 없이 깨져 버리게 마련이다. 금이 간 상태인 만큼 모든 신경을 회복에 집중시켜야 했다.

헤셀 백작은 슈크라인의 칩거에 따라 군을 정비하는 데 심력을 쏟고 있었다. 그가 움직이는 순간, 노이안 지방을 차지하기 위한 전쟁은 시작될 것이다.

끼아아아!

소름 끼치는 소리가 연신 울려 퍼지면서 마이너스 에너지가 빨려 들어갔다. 진영 안의 음울한 감정들이 에너지화되면서 빠른 속도로 슈크라인의 체내로 스며들었다.

마이너스 에너지는 그의 힘이자 원천. 치열한 전장의 힘은 전마왕인 그의 원천이다.

"됐군."

망가진 육체를 회복하는 데는 일주일여의 시간이 걸렸다. 열흘을 넘게 소모해야 하지만 자신에게 일격을 가한 클레디오 백작이란 녀석을 죽이기 위해 모든 전력을 회복에 힘을 썼다.

중상을 입은 녀석은 일주일 안에 회복하지 못할 것이라.

헤셀 백작에게 공격 명령을 내린 슈크라인은 개별 행동을 개시했다.

첫 번째 목적은 자신의 앞을 가로막은 인간의 죽음이다. 그리고 그 녀석을 내뺀 적의 총사령관을 죽인 뒤, 치열한 전장에 가담할 생각이었다.

로운 후작군은 노이벨류 강에서 멀지 않은 곳에 진을 치고 있었다. 사방이 길로 트인 곳이기에 방어에 어려움이 많았다.

그래서 마블론은 세이주 지방의 노이벨류 강을 먼저 선점하면서 적의 진군을 가로막았는데, 노이벨류 강이 일차 저지선이고, 그곳에서 멀리 떨어지지 않은 세반 평야가 두 번째 저지선이다.

촘촘하게 진영을 구축하고 있던 병사들은 검은 기류와 함께 모습을 드러낸 슈크라인을 보며 경악성을 터뜨렸다.

"마왕이다!"

"모두 후퇴하라!"

빠른 속도로 흩어지는 병사들을 개의치 않은 채 녀석이 있는 곳으로 향했다. 그리고 다른 인간보다 강한 기운을 품은 곳을 발견하고는 그곳을 향해 검을 휘둘렀다.

쏴아악!

검은 반달이 검에서 발출되며 진영 중심에 있는 막사에 쇄도했다.

꽈아앙!

폭음과 함께 막사는 갈가리 찢어졌다. 그리고 뿌연 흙먼지가 일어나더니 잠시 후, 먼지가 가라앉자 안의 모습이 고스란히 드러났다.

그곳에는 검을 든 마블론과 침대에 누워 있는 클레디오 백작이 있었다.

"크으……."

방금 전 공격을 막아낸 마블론의 입에서 낮은 신음이 흘러나왔다. 갑자기 느껴진 사이한 느낌에 전력을 끌어 올려 방어에 임했지만 입은 타격이 만만치 않았다.

그것을 아는지 모르는지 슈크라인은 정신조차 차리지 못하는 클레디오 백작을 보며 미소를 지었다.

"여기에 있었군."

"마왕……."

"네놈에게는 관심이 없다. 저놈을 넘겨라. 그럼 전투에서 자비를 베풀어주지."

"개입하지 않겠다는 건가?"

"그렇다."

물론 거짓말이다. 지금 목표는 클레디오 백작이란 녀석을 죽이는 것뿐, 그다음은 헤셀 백작이 이끄는 군에 합류하여 오랜만에 살육의 기쁨을 만끽할 생각이었다.

아니나 다를까, 슈크라인의 거짓말에 마블론은 깊은 고민에 빠져들었다. 하지만 그것도 잠시, 이내 피식 웃으며 대답했다.

"마왕의 약속을 믿는 머저리는 없지."

"죽어야 정신을 차릴 놈이군."

"언제는 살려줄 생각이었나?"

"그것도 틀린 말은 아니군."

사이한 기세를 발산하면서 입꼬리를 말아 올렸다. 검은 기류가 일어나며 주변 일대를 물들였다. 검을 든 마블론의 얼굴에 짙은 긴장감이 퍼져 나갔다.

키이잉!

그 순간, 공간을 가르는 균열음이 울려 퍼졌다. 그리고 등 뒤에서 엄습하는 싸늘한 예기에 슈크라인이 깜짝 놀라며 검을 휘둘렀다.

쩌엉! 쩡! 쩡!

"크으으!"

순식간에 세 번의 공방이 오갔다. 첫 공격에서 손해를 입은 슈크라인은 쇄도한 검을 막아내기 위해 움직였지만 자유자재로 궤적을 그려내는 검의 힘을 이겨내지 못하고 뒤로 물러났다.

공간을 확보한 그는 방금 공격을 펼친 검을 보고 두 눈을 부릅떴다.

그것은 그도 잘 알고 있는 마검이었다.

"마검 그레인츠?"

"알아보는군."

"누구냐? 누군데 그레인츠를 들고 있지?"

용살검으로 알려진 그레인츠는 시간을 다스리는 마왕 켈그라인이 갖고 있는 것이다.

그의 소유물이 어찌 다른 이에게 있는지 슈크라인은 이해할 수 없었다.

그의 앞에 어느 순간 한 인간이 서 있는 걸 확인할 수 있었다.

기척조차 감지하지 못한 슈크라인의 얼굴이 긴장감으로 물들었다.

"슈크라인."

"너는 누구지?"

기이한 위화감이 전신을 휘감는 걸 느끼며 슈크라인의 눈이 차갑게 가라앉았다.

마왕인 자신에게 이러한 감각을 느끼게 만들다니. 자연히 주변 기운이 사나워졌다.

그를 바라보는 티엘의 입가에는 진한 미소가 걸렸다.

“너를 죽일 인간이다.”

『레드 크로니클』 11권에 계속…

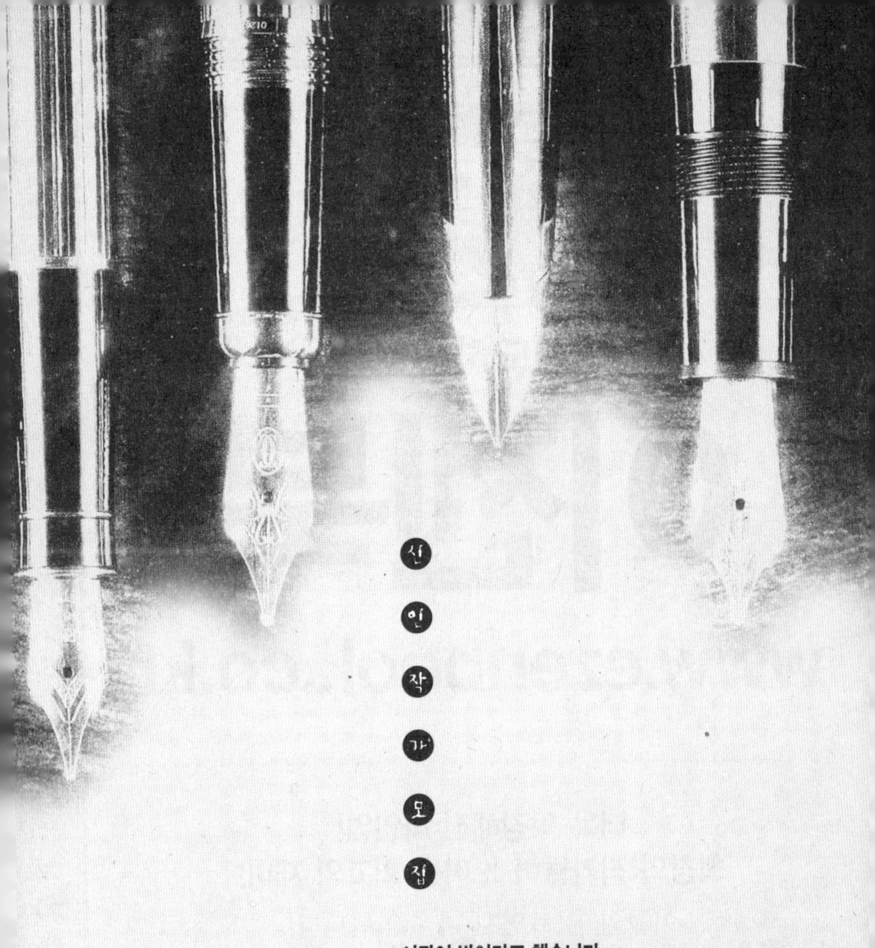
신
인
작
가
모
집